鳥井《とりい》寧々花《ねねか》
高校三年生で大貴と同じ図書委員。
大貴との生活に最初は戸惑いを見せたが、次第にそれを楽しむように。
じつは小悪魔的な一面もあり……？
突然のことに、声も
お湯に浸かったまま、俺は瞬《まばた》きすらできずに固まる。
なんと——風呂のドアが開いて、裸の寧々花が立っていた。

おにぃちゃん

おにぃちゃん……
おにぃちゃん♥
ああ
あああぁ
あああぁ……

森田大貴《もりたたいき》
高校三年生の平凡な青年。母親の再婚によって、彼女である寧々花が義妹になり一緒に暮らすことに。独特なワードセンスを持っている。
「ちょっと……？　妹ちゃん、図々《ずうずう》しいんじゃないの？」
柚琉《ゆずる》
大貴の再従姉弟にあたる大学生。幼少時は近所に住んでいたため大貴とよく遊んでいた。大貴と寧々花の関係を疑っており……？
俺の腕を離さないまま、柚琉姉ちゃんと寧々花が睨み合う。
俺の彼女になりたいという柚琉姉ちゃんVS彼女なのに彼女と言えない寧々花。
立場上、俺への本当の想《おも》いを口にできない寧々花は、
兄が大好きな妹として俺を独占しようと考えたようだ。
——どうしたらこの場が収まるんだ!?

親が再婚。恋人が俺を「おにぃちゃん」と呼ぶようになった 1

マリパラ

OVERLAP

CONTENTS

maripara presents

Illustration : Yukiko Tadano

Character design / Comic : Sana Kuromiya

プロローグ

「森田《もりた》くん……私と、お付き合いしてくれませんか？」

ドクンと心臓が跳ねた。

右隣に座っている同級生の女子が、俺をまっすぐ見つめている。その背後の窓には、すっかり花びらが落ちてしまった桜の木が見えた。

風で木の葉が揺れる。窓から入ってきた風で、同級生の女子――鳥井寧々花《とりいねねか》さんの長い髪が揺れる。染色していないはずなのに、野暮ったい俺の髪とは全然違う。細くて軽やかに揺れる髪は、夕方の日の光で茶色っぽく光っていて綺麗《きれい》だ。

現在俺たちのいる図書室には、本を借りに来ている生徒も、勉強をしている生徒もいない。司書の先生も席を外している。図書委員である、俺と鳥井さんしかいない。

――まさに二人きりの図書室で、俺は鳥井さんから告白されていた。

正直に言うと、こんな風に言われる時が来るんじゃないか、という予感があった。こんな風に言ってもらえたらいいな、という期待もあった。

だからその時が来たらなんて返事をしようかと、何度も脳内でシミュレーションしてきた。してきたはずなのに……目の前にいる現実の鳥井さんは、脳内で告白してくれた鳥井さんの可愛《かわい》さを軽く凌駕《りょうが》していた。

想定外の衝撃を受けた俺は、『俺と付き合いたいなんて……そんな風に考えていたなんて思わなかったな』と言わんばかりの、すっとぼけた顔をしていたと思う。

「ごめん……いきなりで驚いたよね」

申し訳なさそうな顔をして、鳥井さんが笑った。

その表情にハッと正気に戻り、慌てて言う。

「だ、大丈夫！　ちょっと驚いたけど、全然大丈夫！」

――いやいや、何が大丈夫なんだよ？　何の返答もせずボサッとしていたせいで、鳥井さんが申し訳なさそうな顔になっちゃったんだぞ!?　もっとちゃんとフォローしろよ！　俺！　てか、返事しなくちゃ！

自分の口から出た言葉があまりにしょうもなかったので、思わず心の中で自分にツッコむ。

返事をしなくちゃ。

そう意気込んだが、頭に何も浮かばない。

何か言わなきゃと焦るほど、何を言うべきか分からなくなる。

あらかじめ用意していたはずの告白の返事は、華麗に記憶からデリートされている。

……鳥井さんの告白の威力は、それだけ凄《すさ》まじいものだった。

さっきから心臓も異常状態だ。歓喜のダンスを踊る民族の太鼓みたいに打ち鳴らされている。

「私ね……また森田くんと一緒にいられるかもしれないって思って、今年もまた図書委員になったんだよ。二年生の時、ペアを組んで図書室当番をするようになってから、私は森田くんが好きになりました……」

俺が未《いま》だに返事をせず呆《ほう》けていると、鳥井さんが目の前の図書カウンターを見つめながら話し始めた。

「それでもし、森田くんも図書委員だったら、その時はもう告白しようって……決めていたんだ」

鳥井さんの頬は赤く染まっている。細い指が、何度も何度も顔周りの髪を耳にかけ直していた。

見ているだけで、鳥井さんのはち切れそうな緊張が伝わってくる。

「私たち、高校三年生だし、もう受験生だし、恋愛とかしている場合じゃないかもしれないって思った。でも、もう最後の年だから……森田くんと同じ学校で過ごす最後の年になるかもしれないから……限られた時間の中でも、一緒に思い出を作っていけたらと思って……」

くりっとした大きな瞳が、俺を見る。

眉尻が下がっている。不安そうだ。

「だからもし良かったら……付き合ってくれませんか?」

早く返事をしてあげないと。

もう何でもいい。シンプルでいい。

俺の気持ちが伝われば、それでいい。

一つ小さく深呼吸。そして、告げる。

「はい……俺で良かったら、よろしくお願いします……」

「……!」

「……俺も、二年の時から鳥井さんが好きだったから、嬉《うれ》しい……です」

鳥井さんの表情から不安が消え、パアッと明るくなる。

俺も、ようやく肝心の台詞《せりふ》が言えたことに安堵《あんど》した。

俺を見て嬉しそうに微笑《ほほえ》む鳥井さんが、未だかつてないくらい可愛かった。

いつも落ち着いていて穏やかな性格の鳥井さんは、あまり学校で目立つタイプの女子じゃない。でも、女子からも男子からも自然と話しかけられていて、一緒にいると癒《いや》されるような子だ。誰が話しかけても優しく応対するし、人の陰口を言っているところを見ない。むしろ、悪口を言っている友達を穏やかに窘《たしな》める姿ばかり見るから、陰で男子から好感を集めている。

そんな鳥井さんと初めて話したのは、去年。クラスは違ったが同じ図書委員になり、偶然ペアを組み、同じ曜日の図書室当番をするようになった頃だ。

駅前に大きな市立図書館ができてから、学校の図書室を利用する生徒が減り、図書委員の仕事はほとんどなかった。だから俺と鳥井さんは自然とお喋《しゃべ》りして時間を潰すようになり、お互いのことについて話すうちに仲良くなった。

鳥井さんは、三歳の時にお母さんを事故で亡くしていて、ずっとお父さんと二人暮らし。

俺は、五歳の時に父さんを病気で亡くしていて、ずっと母さんと二人暮らし。

そう、俺たちには、小さい頃に肉親の一人を亡くしているという共通点があった。境遇が似ていたから、意気投合するまでそんなに時間はかからなかったのだと思う。

そして俺はすぐに、鳥井さんに恋をした。

鳥井さんに片想《かたおも》いをするようになってから、俺は気を引こうと必死だった。

鳥井さんが好きだと言った小説は全部読んだし、鳥井さんが好きなキャラクターのマスコットをゲーセンで取ってきて、「俺は要らないからあげる」なんて格好つけたこともした。

何度も何度も心の中で、君が好きだと言っていた。

なんとなく、鳥井さんが俺を好きになるより、俺が鳥井さんのことを好きになったほうが先のような気がする。それなのに、『鳥井さんが好き』って台詞が出るまで時間がかかってしまったのは、いざ本人を目の前にしてその言葉を口にするのが恥ずかしかったからで間違いない。

……まったく、情けない話だが。

「ふふっ……良かったぁ……すごく、すごく嬉しいなぁ」

鳥井さんは感極まったのか、泣きそうな顔をして笑っている。

その姿を見たら、俺の中にある鳥井さんへの気持ちが、ジワジワと湧き上がってくるのを感じた。

「これから……よろしく。鳥井さん」

「うん……！　あの、名前で呼んでくれたら、嬉しいな……？」

「じゃあ……寧々花」

「……うん、よろしくね。大貴《たいき》」

鳥井さん……じゃなくて寧々花から名前を呼ばれて、胸のあたりがむずむずした。

好きな子に自分の名前を呼んでもらえると、こんなに嬉しいものなのか。

距離が縮まり、お互いが特別な存在だと自覚できる。

今日から俺たちは、恋人同士。

もちろん受験生だから、デートばかりしていられないかもしれない。

でも、一緒に勉強するのはどうだろう。お互いに励まし合いながら勉強すれば、きっと合格間違いなしだ。

それからたまには、息抜きに出掛けよう。何なら、勉強になるところがいいかもしれない。美術館や博物館は、歴史の勉強になる。水族館や動物園は……生物の勉強になるかな。

委員会の時間が終わると、俺たちはそんな話をしながら、一緒に駅に向かった。

いつも通りの帰り道が、いつもと全然違う。

左側にいる好きな同級生の女子が、彼女になった。それだけで、空気の匂いさえ違って感じる。

——俺にも彼女ができたよ、父さん……。

薄暗い空に向かって、心の中で話しかける。

父さんは、今どこかで、俺の姿を見ているだろうか。

——初めての彼女ができて浮かれている俺を、空から見て笑ってくれているといいな。

天国にいる父親に自慢したいくらい、俺は幸せを感じていた。

恐らく今日は、俺の今までの人生で一番素晴らしい日だろうから。

寧々花はさ、俺たちが付き合い始めたってこと誰かに言った？
実は全然言ってないんだ…
友達、彼氏がいない子ばっかりだから言いにくくて…
大貴は、誰かに言った？
俺も実はまだ…
よぉよぉお二人さん！今日も仲がいいね～
委員会一緒だし、朝とか一緒に勉強しちゃってるし、最近よく一緒に帰ってるし
もしかして付き合っちゃってんのかぁ？
え？
付き合うわけねぇよなぁ…？俺たち受験生だしぃ？
これからめっちゃ勉強しなきゃいけないしぃ？
恋愛にうつつ抜かしてる場合じゃないよなぁ…？
ソ、ソウデスネ…
受験が終わったら、俺は鳥井さんに告白するんだ…

それまでに、森田に取られてたまるか…！

まだ受験まで時間あるけど、前から付き合ってたならともかく
3年になってから付き合いだしたんじゃ、受験甘く見てるように思われちゃうよね…

やっぱり、誰にも言わないでおこう…

モブ男子は、既に2人が付き合っていてこのあと義理の兄妹になってしまうことをもちろん知らない!!

第一章

登校前、俺は部屋の壁に貼られたカレンダーを見ながら、ニヤニヤしていた。

現在は六月。祝日がなく、普通に生活していれば特にイベントもない。例年通りなら、カレンダーを見てワクワクする要素を一つも感じなかった。

しかし、今年は違う。今月で、俺と寧々花《ねねか》は付き合って二ヶ月になるのだ。

今までは周囲の男友達が「はぁ～彼女が付き合って何ヶ月っていうのにこだわるのメンドクセ～。そんなのどうでもいいだろ」と溜《た》め息《いき》をついていたのを見て、「だよな～」と適当な相槌《あいづち》を打っていた。

──いやいや。どうでもいいはずないだろ!!

心の中で、過去の自分の発言にツッコむ。

さすがに俺も毎月お祝いしようとは思わないし、寧々花もそこまで記念日にこだわっている様子はない。でも、ふとした会話で「もうすぐ付き合って二ヶ月になるね……」と笑い合うのは楽しい。一緒にいた時間が長くなるほど、お互いの気持ちが深まっていくように感じるから。

そんな風に考える俺は、細かいのだろうか。

しかし、自分たちが一緒にいられる時間が限られていると感じるから、そういう小さな幸せさえちゃんと噛《か》みしめたい気持ちだった。

付き合って二ヶ月になるけど、俺たちはまだ学校以外でデートしたことがなかった。学校でも、二人で勉強してデートしているつもりになっているだけだ。一緒に学校から駅まで帰る時、手を繫《つな》いだことがあるくらいで、その先はまだ何もしていない。

受験生になってから付き合い始めた後ろめたさと、初めてのお付き合いで緊張しているせいで、学校の外でデートしようと発言しにくい雰囲気だった。

夏が終われば、本格的に受験モードになる必要がある。だから、余裕を持って時間を過ごせるのは、あと二ヶ月くらいかもしれない。

「一緒に過ごせる時間があるだけでもいいかって思っていたけど……ここら辺で勇気出して、ちゃんとしたデートっていうのもしてみたいな……。じゃないと、本当にデートしようとか言っている暇なくなりそうだし」

カレンダーを睨《にら》みながら、デートに誘うタイミングを悩む。

毎月何かしら、テストやら模試やらがあるのが厄介だ。

──両想《おも》いになれるんなら、二年生のうちに告白しておけば良かったな……。

ちょっともったいないことをしたと思いながら、俺は父さんの仏壇に向かった。

鈴《りん》を二回鳴らして、手を合わせる。

「おはよう、父さん。行ってきます」

朝の日課を終わらせて立ち上がると、母さんがやってきた。

「ねぇ、大貴。ちょっと話があるんだけど、いい？」

「え？　いいけど……もうすぐ学校行く時間だから手短にしてよ」

「えぇ？　最近学校に行くの早すぎでしょ？　そんなに早く学校に行って、何してるのよ？」

俺は早く学校に行きたかった。寧々花も早めに学校に来る。そして他の生徒が来る前の教室で、一緒に勉強するのが楽しみだった。

……なんとなく、俺たちは周囲に付き合っていることを内緒にしていた。噂《うわさ》になれば、「受験前に付き合い始めるとか余裕だね〜」などと、余計なことを言う人が現れそうだったからだ。

ちょっと一緒にいる所を見られるくらいなら、問題はない。俺たちが同じ委員会に入っていて、それなりに仲がいいのはみんなが知っている。

二年の時には、「お前ら付き合っちゃえば？」とよくイジられた。その時はまだ、本当に付き合うことができると思っていなかったけど。

「勉強頑張ってるだけだよ。学校のほうが集中できるからさ」

当然、俺は母さんに彼女ができたことを秘密にするつもりだった。

あらあら余裕なものね。母さんは三年生になってからバイトをやめるように言ったけど、それは受験勉強が疎《おろそ》かにならないようにするためで、別にあんたが彼女とイチャコラする時間を作るために言ったわけじゃないのよ？……で？　どんな子？　可愛《かわい》い？　写真とかないの？　今度連れてきなさいよ——なんて言われるに決まっている。九割同じ台詞《せりふ》を言われる自信がある。

だから俺は母さんには言わない。俺の平穏な日常を守るためにも。

「それで？　話って何？」

聞くと、母さんが言った。

「実は……再婚したいと思って」

「へぇー？　いい人がいたんだ？　良かったじゃん。再婚したら？」

まぁ俺も最近、彼女ができて幸せなんですけどね……と思いながら、適当に返事をする。

すると俺の返事の適当さに気づいたのか、母さんが不服そうな顔をした。

「普通、もうちょっと驚かない？　反対とかしなくて大丈夫？」

「反対って……なんで俺が母さんの再婚を止めなきゃいけないんだよ？　それとも、止めてほしかったの？」

「そうじゃないけど……少しあっさりしすぎじゃない？」

「母さんが選ぶ人に間違いはないと思うし、ぶっちゃけ再婚すれば生活に余裕ができるから、母さんも仕事減らしてちょっとはのんびりできるようになるだろ？　いいことしかないのに、反対なんてしないよ」

「そう？　ご理解ありがとう。それでね、できればこの家で同居したいと思っているの。向こうの方は今アパート暮らしで、うちは戸建てで空き部屋もあるし……」

「うん、分かった。話、進めていいよ」

俺は玄関で靴を履きながら答える。

この時間に家を出たら、寧々花のほうが先に学校に着きそうだ。いつもは俺のほうが早いから、心配させちゃうかもしれない。電車に乗ったらメッセージを送っておこう……。

「あのね、同居前に一度、顔合わせしたほうがいいと思うんだけど……大貴にとっても、大事なことがあってね」

「いいよいいよ。同居したら毎日顔合わせるんだし、気にしないでいつでも連れておいでよ。あ、もしかして、再婚したら俺の名字が変わる感じ？」

「あぁそうよ！　それも大事なことだったわ！　母さんは職場で通称として『森田《もりた》』の姓で通そうと思っているけど、大貴は……」

「あ、俺もそれがいいな。高校の途中で名字が変わるのも説明が面倒くさいし、俺も通称で通せないかな？　学校の先生にお願いしてくれない？」

「分かったわ。母さんのわがままに付き合ってもらうんだし、そこは頑張って先生にお願いしておくわね」

「よろしく！　じゃあ俺は学校に行ってきまーす」

「ちょっと！　まだ大事な話が残ってて……」

「あとは勝手にやっていいって。名字が変わること以外、たいして俺には関係ないだろ？」

「関係ないって……あ～そう。分かったわ！　もう勝手にするからね！」

再婚を認めたはずなのに、母さんはなぜか不機嫌そうだった。

「じゃあ、いってきます」

「はいはい、いってらっしゃい」

母さんに見送られて、家を出る。そしてすぐ、早歩きで駅に向かう。

早く早く、学校に行って寧々花に会いたかった。

——……にしても、母さんの話を適当に聞き流しすぎただろうか？

電車に乗ったタイミングで、ふと出掛ける前の母さんの顔が脳裏をよぎった。あの母さんの不機嫌そうな顔……いじけているようにも見えた。

ちょっと悪いことをしたかもしれないと思って、胸がモヤッとする。

でも……別に俺だって彼女のことばかり考えていたいからって理由で、母さんの話を聞き流していたわけではない。俺は本当に、母さんが誰と再婚してもいいと思っていた。

長い間、俺を女手ひとつで育ててくれた母さん。俺も高校に入ってからバイトをしてきたけれど、今までかなりの負担をかけてきた自覚がある。

高校三年生になってから、俺は母さんにバイトを止められた。理由は、受験勉強に専念するためだ。家の事情でバイトを頑張って、そのせいで受験が上手《うま》くいかなかったら嫌だからと、母さんは言っていた。

しかし、俺がバイトを辞めればその分収入は減る。母さんはその分まで自分が働く気だったようだが、俺はそれで母さんが体を壊しやしないかと心配だった。

再婚すれば、生活が楽になる。母さんが無理して一人で働く必要がなくなる。……それは俺にとっても、ありがたいことだ。

再婚相手の男性がどんな人でも、歓迎する心の準備はできていた。

母さんの性格からして、俺が再婚を反対したくなるような人を選ぶはずがない。母さんが父さんの次に選ぶ人なんだから、父さんに負けず劣らず真面目で穏やかな人だろう。

ちょっと気恥ずかしいけど、「お義父《とう》さん」と呼ぶのもありかもしれない。

俺はもう、『俺のお父さんは、天国にいるお父さんだけだ！』なんて騒ぐような歳《とし》じゃない。遺《のこ》された家族が幸せに生きていることを、父さんだって望んでいると思っている。

だから俺は——母さんが言おうとしていた〝大事なこと〟を、簡単にスルーしてしまったのだ。

……正直なところを言うと、俺がスルーしてしまった理由の一つとして、母さんの口から好きな人の話を聞くのが照れ臭かったからっていうのもあるのだけど。

その理由はかっこ悪いから、胸の奥にしまっておく。

「まぁいっか、今度落ち着いた時にちゃんと聞いてあげれば……」

今度機会があったら聞こうと思って、俺は母さんの再婚の件を棚上げした。

学生の俺には、考えることがたくさんあった。学校の授業のこと、次のテストのこと。委員会の仕事に彼女のこと。思春期っていうのは悩みだってたくさんある。

そう、それから毎日、俺は実に多忙であった。

そして俺は……棚上げしたモノを棚の上に放置したまま忘れてしまったのであった。


六月半ばの休日。

いきなり我が家に引っ越し業者がやってきて、玄関先に段ボールの山を築き上げた。その光景を見て、母さんに問うより先に察する。

ついに、母さんの再婚相手が引っ越して来る日がやってきたのだと。

「段ボール、意外と多いんだな……」

新しい家族より先に、我が家にやって来た段ボールたち。それらを眺めていたら、思わずそんな呟《つぶや》きが口から漏れた。

再婚相手のことはあまり聞いていないが、アパート暮らしをしていた人だと聞いた。だから、段ボールなんて数個しか来ないだろうと勝手に想像していたのだが。

正解は、大きな段ボールが二十個近く。

俺も服や身の回りの物を箱詰めすれば、意外とこんな数になるのだろうか。

段ボールの山を前に中身を推理していると、いつもより気合の入った格好をしている母さんがやってきた。家の中でヒラヒラのロングスカートを穿《は》いているのを見るのは、学校の先生の家庭訪問日以来である。

「もうすぐ到着するそうよ。心の準備はいい？」

「大丈夫だよ。ちゃんとフレンドリーに挨拶キメるから」

「そこはあまり心配してないわよ」

そう言って笑う母さんだが、ちょっと緊張しているように見える。

——今日から好きな人と一緒に住むとしたら、俺もこんな風に緊張するんだろうな……。

俺は寧々花《ねねか》の顔を思い浮かべた。

——母さんが再婚したってこと、新しい生活が落ち着いたら寧々花に話そう……。今後、長い付き合いになったら、母さんや新しい父さんに寧々花を紹介する日が来るかもしれないんだし……。

そんなことを考えていると、呼び鈴が鳴った。

母さんが玄関に向かって声をかけ、ドアを開ける。

いよいよだ。

開かれていくドアの隙間から、穏やかに微笑《ほほえ》む壮年の男性の姿が見えてきた。

——へぇ。この人が新しい父さんか……なかなか優しそうな人で……。

ドアはまだ開く。

開いて開いて……ドアが開ききった時には、俺は呼吸を忘れていた。

見覚えのある、背中まである髪。

見覚えのある、立ち姿。

見覚えのある、顔。

目も鼻も口も……さっきから俺が何度も思い出していた、大好きな彼女と一緒だった。


——寧々花!?


俺の視線の先で、寧々花も俺を見て固まっている。

「大貴《たいき》。母さんの再婚相手の、鳥井《とりい》亮介《りようすけ》さんよ。それから、娘の寧々花ちゃん」

母さんがテキパキと、新しい父さんと寧々花の紹介をしてくれた。

そして次に、俺を指して言う。

「こっちは息子の大貴です。ほら！　大貴！　挨拶!!」

「いやいやちょっと待って！　向こうにも子どもがいるなんて聞いてないんだけど!?」

俺は母さんを止め、小声で文句を言った。

「なんでこんな大事なこと、先に言ってくれないんだよ!?」

「こ、こんな大事なこと……？　それを言おうとしていた時に、聞こうとしなかったのは大貴でしょうが。ほら、さっさと挨拶しなさいって」

なんということか。母さんが言おうとしていた大事なこととは、再婚相手にも子どもがいるってことだったのか。

こんなに大事な話があったのに、俺は母さんの話を適当に聞き流してしまった。

そして母さんはいじけて、この重要事項の伝達を諦めてしまった。

さらに俺は、聞き直すのを忘れていた。

「人の話をちゃんと聞こうとしないからこうなるのよ」

母さんがしれっとした顔で言った。

この様子からして、母さんはもう仕返しとばかりに、再婚相手に子どもがいることを俺に言わなかったようだ。

――それでも悪いのは俺ですね！　すみませんでした！

俺が母さんの話をちゃんと聞いていれば、再婚相手に子どもがいると知り、しかもその子どもが自分の彼女であると事前に気づけたはずだ。

落ち度は俺にある。ここはこれ以上騒がず、現実を受け入れるしかない……。

「あ……えっと、大貴です……よろしくお願いします」

高校入学初日の挨拶くらい、中身の薄い挨拶だと思った。

──そういえば寧々花は、この再婚話を知っていたのだろうか？

俺はチラッと寧々花の様子を窺《うかが》う。

毎日学校で顔を合わせて、毎日学校でお喋《しゃべ》りしていた。しかし、寧々花の口から親の再婚については聞いていない。

俺は再婚相手が寧々花を連れてくると知らなかったし、生活が落ち着いたら寧々花に話そうと思っていたから、再婚予定について話していなかった。

なら、寧々花はどうだったのか。もし寧々花がこうなることを知っていたら、寧々花からこの話題が出てくるはずなんだが……。

俺は寧々花の心中を探るべく、寧々花の表情を観察した。

寧々花は人当たりのいい笑みを浮かべているが、目が完全に泳いでいる。

──あの感じからして、寧々花も再婚の詳細をちゃんと聞いていなかったっぽいぞ……。

どうしようどうしようと内心慌てているのが想像できて、俺は苦笑した。

それから次に、寧々花のお父さんが寧々花を紹介してくれた。

「娘の寧々花です。大貴くんと寧々花の通っている高校は一緒なんだけど、同じクラスになったことはあるのかな？」

ないです。でも、委員会が一緒で……と答えようと思ったが、ちょっと悩んだ。

――実は、付き合ってるんです……。

ここまで全部言うべきか、否か。

悩んでしまった俺に、第六感が囁《ささや》きかける。

いや待て。突然そこまでカミングアウトして、それを聞いた寧々花のお父さんが、どんな反応をするかが分からないぞ、と。

こんなに笑顔が穏やかなお父さんだが、娘を溺愛していたらどうなるか。

『彼氏という存在は一切合切認めない』ってタイプだったら、俺が彼氏だと知って豹変《ひょうへん》するかもしれない。そのまま母さんの再婚話が破談になる可能性だってある。

ここは、寧々花の出方を見るべきか……。

俺が寧々花をじっと見ると、寧々花も俺をじっと見た。

なんとなく俺が頷《うなず》くと、寧々花も頷いた。

何が通じたか分からないが、きっと何かが通じたはずだ。

すると寧々花が俺より先に、寧々花のお父さんの質問に答えた。

「ないよ。うちの高校って生徒数が多くてクラスも多いから、三年生になっても話したことなない人たくさんいるんだよね……」

——え？

思わずそんな声が出そうになって、ギリギリで呑《の》み込んだ。まさか、寧々花が『初対面』を装うとは思わなかった。

俺の動揺をよそに、二つの家族の初顔合わせは和やかに進んでいく。

「寧々花は三月生まれで、大貴くんは五月生まれだって聞いたから、寧々花が義妹ってことになるかな？」

寧々花のお父さんがそう言うと、母さんがそれに付け加えるようにこう言った。

「同級生なのに兄妹っていうのも、ちょっと難しいかもしれないわね。そこはあまり気にせず、お互いに無理のない距離感でいられればいいと思うわ」

なるほどそうか。俺の母さんと寧々花のお父さんが再婚するんだから、今日から俺と寧々花は義理の兄妹になるのか。

——ん？　俺の彼女が、義理の妹に？　彼女なのに、義理の妹になっちゃうの？　それって……どうなるの？

彼女と義理の妹というワードが、脳内で上手く結びつかない。寧々花や寧々花のお父さんと挨拶中なのも忘れて、ボケッと立ち尽くす。

すると、右手の袖がちょんちょんと引っ張られた。

ハッと我に返ると、この二ヶ月、誰より一緒にいた女の子が、俺をじっと見て恥ずかしそうに微笑んでいた。

「これからよろしくね……おにぃちゃん」

——おにぃちゃん？

ひどく可愛《かわい》らしい言い方だったが、可愛いな……なんて反応をしている場合じゃない。

寧々花が俺をおにぃちゃんと呼ぶということは、寧々花は俺を兄扱いする気だということ。それはつまり……『私たちが付き合っているという事実は、ここでは伏せましょう』というメッセージに聞こえた。

本当にそのスタンスで行くつもりなのか。

聞きたいことは山ほどあるのに、寧々花は母さんと話をしながら家に上がっている。

さっきまで寧々花も、俺と兄妹になるなんて初めて知ったって顔をしていたのに……この順応の早さはどういうことか。

——俺たち、付き合ってるんじゃなかったっけ？

寧々花の背中に向かって、心の中で問いかけた。

もちろん返答はない。

もはや俺たちが付き合っている事実にすら疑問が浮かび始めたところで、玄関での挨拶タイムが終了した。

そして、俺の母さんと寧々花のお父さん、それから俺と寧々花の四人での暮らしが始まったのであった。

その後俺は、二階に用意された寧々花の部屋に、段ボールに入った荷物を運ぶのを手伝った。

一人暮らしの男性の荷物にしては多いと思ったが、寧々花と寧々花のお父さんの荷物だと分かった今では、むしろ少ないという印象である。寧々花の部屋に運ぶ段ボールは、たったの八個だった。

「寧々花、荷物はこれだけ？」

「うん。前に住んでたのは狭いアパートだったから、あまり荷物を置くスペースがなくて……必要最低限のものしかなかったの」

「そうなんだ……」

寧々花の部屋は、俺の隣の部屋だ。

ずっとただの空き部屋だと思っていたけれど、いつの間にか母さんが綺麗《きれい》に掃除をしておいたようだ。見覚えのないベッドや机まで用意してある。俺が学校で母さんが休みの日に、母さんは一人でこの部屋の準備をしていたのかもしれない。

――ここが寧々花《ねねか》の部屋になるってことは、寧々花のお父さんは、母さんと同じ部屋なのかな……。あとは物置程度の小さな空き部屋しかないし。

両親が部屋でどんな風に過ごすのか、ちょっと想像しそうになってすぐにやめた。このあたりはあまり想像しちゃいけないやつだ。

「荷解《にほど》き、手伝おうか？」

段ボールを運び終えたところで、寧々花に声をかける。

すると寧々花は、ちょっと気まずそうに笑った。

「大丈夫！　服とかもあるから、一人でゆっくり整理していくよ」

「あ、そっか……ごめん」

寧々花の言う服とかの中には、男性に見られると都合が悪いものが入っているわけで……俺は考えなしに聞いてしまった自分のデリカシーのなさを、呪いたくなった。

「あの……じゃあ、話は変わるけど、今後のことについてちょっと聞いてもいいか……」

俺は恐る恐る、重要な話を切り出そうとした。

恋人と義理の兄妹として同居することになってしまったが、それについてどう思っているのか。両親に自分たちの関係を打ち明ける気はあるのか。

聞きたいこと、話したいことが俺にはいっぱいあった。

さっき寧々花が話したがらなかったのは、両親の前だったからだろう。だから、二人きりになれば、いつもの俺たちのように会話ができると思っていた。

しかし……寧々花は困ったように笑いながら、段ボールに貼られたガムテープをゆっくりとはがしている。

「ごめんね、おにぃちゃん……。私、早めに洋服の整理とかしないと、今日の夜に着る服がないんだ……」

こちらを見ようともしない。

暗に、『その話はしたくないから、早く部屋から出ていってほしい』と言われているような気がして、胸のあたりがチクッとした。

「あぁ……悪い。じゃあ、また後で」

「うん。また後でね」

義理の兄妹の会話としては、まずまずかもしれない。

でも、交際二ヶ月の男女としてはよそよそしい。

——俺たち、付き合ってるんだよな……?

さっきから頭にこびりついている不安。

寧々花が笑って『ビックリしたね～。でも、大貴《たいき》と一緒に暮らせるなんてラッキーかな？』とでも言ってくれれば、俺がこんなにモヤモヤした気持ちを抱えることもなかっただろう。

寧々花の部屋を出て、閉じたドアをじっと見つめる。

今日から俺の隣の部屋に、俺の彼女が暮らす。しかし彼女は、俺と恋人同士であることを隠そうと……いや、もはや無かったことにしようとしているように見える。

「俺はどうしたらいいんだよ……」

会話をしようにも、させてもらえない。距離を置こうとされているようだ。

「もしかして俺……振られちゃうのか……？」

「ちょっと大貴。寧々花ちゃんの部屋の前で何をブツブツ言ってるのよ？」

「ふぁ!? か、母さん!?」

気がつくと、俺の前にジト目の母さんが立っていた。

「なな何でもない！　何でもないから！」

「そう？　ならいいけど……今日から寧々花ちゃんが一緒に住むんだから、言動には気をつけなさい？　くれぐれもおかしな真似《まね》なんてしないでよね？　そんなことがあれば……」

「そんなことがあれば……？」

「責任を取って、あんたの代で森田《もりた》家の血は途絶えるようにするわ」

「それって具体的にどうするつもり!?」

なぜか、下腹部に寒気がした。

母さんの職業は看護師。俺に子孫を残させない方法なら、たくさん心当たりがありそうで困る。

「やることないなら、お風呂に入っちゃいなさいよ。今日から四人家族だから、順番に入っていかないとね」

四人家族と言っている母さんの声は、どこか楽しそうだ。

「分かった……先に風呂入ってくる」

「次の人がいるんだから、あまり長風呂しないのよ」

「分かっているよ」

俺は渋々と返事をし、一旦自分の部屋に帰った。

——しょうがない。寧々花のことはひとまず置いておこう。

部屋で身支度を済ませ、スマホを持って脱衣所を兼ねた洗面所に向かう。

洗面所のドアをバタンと閉め、戸棚にいつも置いているイヤホンを取り、スマホを防水ケースに入れてから風呂場へ。

音楽を聴きながら風呂に入るのが、最近のマイブームだった。

流行《はや》りのJポップを聴きながら、俺は上機嫌で湯船に浸《つ》かる。

この曲は確か、アニメの主題歌になっていたはずだ。友達がアニメのオープニング動画を見せてくれたのを思い出す。今度俺も、アニメを観《み》てみようかな。

浴槽でお湯に浸かってスマホで音楽を聴いている時間は、俺の癒《いや》し。目を閉じれば、別空間にいるような錯覚を覚える。

——ここが現実世界であることをうっかり忘れそうになるくらい、心地がいいんだよなぁ、これが。

そう……もう寧々花が同じ家で暮らすことになったのだって、夢だったんじゃないかと思えてくる。

——風呂から出たら、いつも通り、家には母さんと二人きりだったりして。

そんな現実逃避までしそうになっていた頃、落ち着いたバラード曲に変わった。

全体的に曲の音量が下がる。雨粒のようなピアノの音色で前奏が始まった。

——お。俺の最近のお気に入り、キター！

うっとりと曲に聴き入っていると、その時——静かな音楽に混じってガチャッという大きな音がした。

その聞き覚えがある音に反応してパッと目を開け、風呂場の入り口のドアを見る。

「…………」

「…………」

突然のことに、声も出ない。

お湯に浸かったまま、俺は瞬《まばた》きすらできずに固まる。

なんと――風呂のドアが開いて、裸の寧々花が立っていた。

真っ先に目に入ったのは、ふわっと柔らかそうな胸。本物だ……なんて意味のわからないことを考えてしまい、慌てて視線をズラす。しかし、そのズラした視線の先にはスラリとした脚。マズイと思ってまた視線を動かすと、大きく目を見開いて固まっている寧々花の顔が見えた。

彫刻のように、立ち尽くす寧々花。

風呂に入るために、長い髪をまとめている。が、ところどころほつれた髪が首筋に流れていて色っぽかった。

――って、どこ見てもダメだって!!

俺が慌てて寧々花に背を向けるのと、寧々花が慌ててドアを閉めたのは、ほぼ同時だった。俺の後ろのほうで、ドアが再びガチャッと音を立てて閉まる。

――ど、どうして俺が入っている風呂に、寧々花が入ってくるんだよぉぉっ!?

同居初日から、とんでもない事件が発生。そして早速、同居生活の危機が勃発していた。

「な、なんで!?　なんで大貴がいるの!?」

お風呂場と洗面所を遮るドアを挟んで、寧々花が俺に聞いた。

「そっちこそ、なんで俺が入ってる風呂に入ってくるんだよ!?」

俺も聞き返す。

こんな事態になったのは、明らかに後から来た寧々花に原因がある。

「まさか、俺がいると分かっていて入ってきたのか……?」

お背中流しますす的なシーンを想像。寧々花がそんなに大胆な女の子だったなんて初めて知って、衝撃を受けた。

しかしすぐに、寧々花から否定の言葉が飛んでくる。

「そ、そんなことしないよ!　もう大貴はお風呂から上がったと思って来たんだもん！　大貴のお母さんから大貴がお風呂に行ったって聞いてから一時間経《た》つし、水音もしないし!!」

「え!?　もうそんなに経ってた!?　ごめん、俺、ずっとイヤホンで音楽聴きながらお湯に浸かってて……」

スマホの時計を確認すると、確かに一時間経っていた。考え事をしていて、完全に時間を忘れていたようだ。

さらに寧々花が言う。

「着替えだって置いてなかったし！」

「着替え？　あっ！　持ってくるの忘れてた!!」

「忘れるってどういうこと!?　裸で部屋に戻るつもりだったの!?」

「そうなんだよ！　俺、いつも全裸で風呂に来て、全裸で部屋に戻る癖があって……！

今日もうっかりそれをやりました」

「えぇぇ!?」

寧々花がドアの向こうで、「そんなんじゃ、大貴がまだお風呂に入ってるなんて気づけないよ……」と嘆く声がする。

——やっちまった…………。

新しい家族が同居した初日から、やらかした。そもそも同級生の女の子が家にいる時点で、全裸で移動する習慣は完全に封印すべきだったのに。

いつもの癖って、本当に怖い。無意識って恐ろしい。

だって今までずっと、帰りが遅い母親と二人暮らしだったのだ。俺が全裸でウロウロしていて困る人なんて誰もいなかったから……なんて言い訳は口に出さないでおこう。

風呂に入って体が温まっているはずなのに、額に浮かんだのは冷や汗だった。

「ごめんなさい……もう、絶対にしないように気をつけます……」

謝るが、返事はない。怒らせてしまっただろうか。

俺がしばらく寧々花《ねねか》の様子を窺《うかが》っていると、ドアのすりガラスの向こうで、寧々花が動いた。

「ねぇ……さっき、見たよね？」

何を、なんて問うまでもない。俺がさっき見た、一糸まとわぬ寧々花のことで間違いないから。

「うん……見た」

ここで隠しても仕方がない。変に誤魔化すより、こっちのほうがずっといい気がした。

「そう……だよね。見ちゃったよね……」

寧々花が今どんな顔をしているか、見なくても分かる気がする。きっと目をぎゅーっと瞑《つぶ》って、羞恥によるダメージに耐えようとしているだろう。

こんな時、どんな声掛けをするのが正解なのか。

『綺麗《きれい》だったよ』……なんて言ったら、俺がキザな台詞《せりふ》の反動で恥ずかしくて死ぬし、寧々花にも余計に恥ずかしい思いをさせそうだ。かと言って、『騒ぐなよ、どうせ減るもんじゃないし』……なんて言ったら、寧々花を怒らせるだろう。そんなことを言ったら、『は？』って冷たい目で言われる未来しか見えない。

もはや、見てしまったことには言及しないほうが無難か。

「寧々花、大丈夫……？」

恐る恐る声をかけたその時、寧々花が「しっ！」と言った。

「静かに！　誰か来たかも！」

「え!?」

耳を澄ませると、風呂場のドアの向こうでコンコンコンと音がした。これは、洗面所のドアを叩《たた》く音だ。

「寧々花ちゃ～ん。もう、お風呂に入った～？」

母さんの声がして、俺は思わず鼻下までお湯に沈んだ。

「あ……今、ちょうど入ろうとしたところです……！」

寧々花が答えると、母さんが聞く。

「シャンプーとかリンス、持って来た？」

「いえ……忘れちゃいました。お借りしていいですかね？」

「あ、じゃあ好きなの使っちゃってね。あと、シャワーの使い方って分かりそう？」

「はい！　見た感じ問題なさそうです！」

「そう。じゃあ、ゆっくり入ってね～」

母さんの足音が遠ざかる。

そして、寧々花がドアの向こうで溜《た》め息《いき》をつくのが聞こえた。

「危なかった……」

「いや、危なかったじゃないよ！　どうするのこの状況……『あれ!?　お風呂に先客がいます！』って感じで、騒げば良かったんじゃ……？」

「あ!!　そっか!!　わぁぁどうしよう……咄嗟《とっさ》に、大貴《たいき》がお風呂にいることは隠さなきゃって思っちゃった……」

「せっかくのチャンスだったのに……」

「だ、だって大貴がお風呂にいるのがバレたら、私は大貴がいるお風呂に忍び込もうとした、ヤバイ義妹だと思われるんじゃないかと……」

「今気づいたことにすれば、何とかなりそうだったのに……。もう母さんは、今の時間帯にお風呂にいるのは寧々花だと思っている。先に風呂に入ってた俺はどうすればいいんだよ……」

「でもさでもさ……大貴だって、私と大貴のお母さんが話している時に、『あれ？　誰かいるのー？』って騒ぐ手もあったんじゃないの？」

「あ!!　その手があったのか!!」

時すでに遅し。

明らかに冷静な判断ができていなかった俺たちは、自らの手で自分たちを窮地に追い込んでいた。

「取り敢《あ》えず、シャワーを流して！　話し声を聞かれちゃうとマズイから、水の音でカモフラージュしようよ！」

「おう！　分かった！」

俺は立ち上がり、シャワーに手を伸ばす。

流しっぱなしじゃ水がもったいないと思って、お湯にして浴槽に放流した。シャーッとお湯が流れる音が浴室いっぱいに響く。

これで廊下を通り過ぎても、よく聞こうとしなければ会話まで聞こえないはずだ。

「これから……する？　私…………けど」

しかしこれによって、寧々花の声まで聞き取りにくくなった。

「え？　何？　なんて言った？」

俺は浴槽から出て、風呂場のドアの前にしゃがむ。

すると、すりガラスの向こうで、寧々花の影がしゃがみ込むように動いた。

すりガラスのドアを隔てて、すぐ向こうには裸の寧々花。

急にさっき見た寧々花の体を思い出してしまい、体に熱が回るのを感じた。

――落ち着けよ、俺！　俺自身のお湯張りスイッチを押している場合じゃないだろ！

煩悩という名のお湯が俺の浴槽に流れ込みそうになっているのに気づいて、慌てて首を振る。

今、寧々花の裸を思い出してはいけない。そんなことをすれば、あっという間に俺の風呂が沸いてしまう。

「大貴……これから、どうする？」

ドアの向こうから、寧々花の不安そうな声がした。

「うーん……そうだよなぁ。俺も早く上がりたいし、どうにかしなくちゃ……」

長風呂していた上に、お湯のシャワーを流しっぱなしにしているせいで、浴室内はサウナ状態。このままじゃのぼせて、体調を崩してしまいそうで不安だ。

俺は、この状況を解決できる方法を考え始めた。

「寧々花がお風呂に入ったつもりになって、服だけ着替えて先に出ていくのはどうだ？実は俺はまだ風呂に入っていなかった設定で、寧々花がお風呂に入った後にお風呂に入ったことにすれば良くない？」

「えぇ!? そうしたら私、今日はもうお風呂に入れないことになるよね……？」

「うん……まぁそうかも」

「それは無理！　絶対に無理！　今日は引っ越しで汗かいちゃったから絶対にお風呂入りたいし！　何よりお風呂に入ってないのは匂いでバレるよ！」

「なら、どうにかして寧々花を風呂場に移動させて、俺が洗面所に移動するしかないか……」

洗面所と風呂場を繋《つな》ぐドアは一つ。その通路は狭く、ドアを全開にしても、二人ですれ違うにはギリギリ。この移動を成功させるためには、お互いを完全に見ないというのはまず不可能。

——俺は見られても仕方ない。けど、寧々花のことはこれ以上見ないであげたほうがいいよな……。いやそれだけじゃない。自分自身のためにも、これ以上寧々花の裸は見ないほうが良さそうだ。

そう考えて、次の提案をした。

「じゃあ一回寧々花に服を着てもらって……俺が先に洗面所を出る！」

「待って待って！　大貴、全裸で来たんでしょ？　全裸で洗面所を出ていくんでしょ？」

「うん」

「そこをうっかり大貴のお母さんに見られちゃったら……」

「見られちゃったら……？」

俺の脳内で、シミュレーションが始まった。

全裸の俺が洗面所を脱出。その後、全裸の俺と母さんが遭遇。全裸の俺と遭遇した母さんが一瞬硬直し、そしてこう叫ぶ。

——え!?　あんた、もしかして今、お風呂に入ってきたところ!?　今って寧々花ちゃんが入ってるはずよね!?　まさか……一緒に入ってたの!?

俺の脳内の母さんは大パニックに。大声で寧々花のお父さんを呼び、全裸の俺を見て寧々花のお父さんが……――。

「……それは、マズイな」

脳内の全裸の俺が無事にゲームオーバーし、俺は現実に引き戻された。

「でしょ？　マズイと思う。バレずに部屋まで行ければいいけど……絶対に大丈夫っていう自信はある？」

「ないな」

母さんは仕事が休みの日、何がそんなに忙しいのかってくらい家の中をウロウロしている。平日、家事に手が回らない分、休日にやるべきことが山程あるらしい。

今日は新しい家族が来た日だから、いつも以上に張り切っている。ここから部屋に戻るまでの間に、絶対に遭遇しないとは言えない。

やはり、寧々花に入浴を済ましてもらい、先に洗面所を出てもらうのが最適解か。

「あぁもう私を洗濯機で洗ってしまおうか……」

「ぶふっ」

寧々花がいきなり変なことを言い出すから、俺は思わず噴き出した。

「ちょっと大貴！　笑ってる場合じゃないでしょ!?」

「ごめんごめん。やっぱり寧々花だなぁと思って」

「え？　どういう意味？」

「うちに来てから、寧々花なのに寧々花じゃないような感じだったから。……今日、母さんたちの前で初対面のフリをするし、『おにぃちゃん』とか呼び出すから焦ったぞ」

「…………」

「寧々花も、お父さんの再婚相手が俺の母さんだって知らなかったのか？」

「うん……最初から再婚に反対する気はなかったし、大貴と付き合い始めたばかりで、自分のことで精一杯だったから……」

「俺と同じだな……」

「でもう、大貴って呼べないんだよね。今日からは、おにぃちゃんだったね」

「いやいやちょっと待って。名前で良くない？」

「……だって私は義妹なんだよ。大貴は義兄なんだから、おにぃちゃんでしょ」

いきなり寧々花の声が、硬くて冷たくなった。さっきまで学校で会う時のように喋《しゃべ》っていたのに、急に距離が遠くなった気がした。

「その話は後にしよう。今は、この状況をどうにかするのが先だよ」

心がモヤモヤする。でも、寧々花の言う通りだ。いつまでもここにはいられない。

俺はさっき思いついた最適解を提案する。

「じゃあ、こうしよう。まず俺が浴室で壁側を向いている間に、寧々花が浴槽に入る。寧々花が浴槽に入ったら、俺が洗面所に避難して待機。寧々花が洗い終わったら、浴槽に入っていて。そうしたら俺が風呂場に移動して、壁側を向いておく。そして寧々花《ねねか》は、洗面所に行って着替えるんだ」

「あ、それで私が洗面所を出たら、リビングとかでお父さんたちを足止めしておけばいいね！　そうしたら、おにぃちゃんは、全裸で部屋に帰るところをお父さんたちに見られる心配もない」

「うんうん！　この作戦、完璧だろ」

「……うん。でも、それでも、完全にお互いが見えないわけじゃないよね……」

寧々花の言葉を受けて、俺は言う。

「……付き合ってるんだから、別に良くない？」

俺たちはまだ交際二ヶ月で、キスもしてないけど、全部隠したいほど他人じゃないはずだ。今後も付き合っていれば、お互いのすべてを見せ合う機会もあるかもしれないし……

逆にここで一切見せたくないと拒否されると、ちょっと傷つく。

すると、ドアの向こうから寧々花の弱々しい声が聞こえてきた。

「でも……私たち、義理とはいえ、兄妹になっちゃったんだし……」

「うん……それはビックリしたけど、俺たちの関係が変わるわけじゃないよね？　まさか寧々花、義理の兄妹になっちゃったから別れたいって思ってるの？」

聞くと、寧々花が黙った。

そしてややあって、返事が来る。

「私は……別れたくない。でも、別れなくちゃいけないと思ってる」

寧々花の言葉に、心臓がおかしな感じになった。

動揺して口が乾き、ちょっと手が震える。

「え？　どうして？」

「だって兄妹は結婚できないから、いずれ私が大貴と結婚するには、お父さんたちを別れさせなくちゃいけないし……！　でも、せっかくお父さんがまた幸せになれるチャンスなのに、私のせいで別れてもらうなんてできないし……!!」

「寧々花……」

寧々花の表情はここからじゃ分からない。けれど、泣きそうなのは声から伝わってきた。

「もしかして、初対面のフリをしたのも、荷解《にほど》きの時に俺と会話をするのを避けようとしたのも、もう別れなきゃいけないって考えていたからなのか？」

「そうだよ。兄妹で恋愛はできないんだよ。倫理違反なんだよ……」

「うーん……でも……義理の兄妹は普通に恋愛できるし、結婚もできるよな？」

「え？」

沈黙。

寧々花からの返事が途絶える。

そして、ちょっとしてから、寧々花の怪訝《けげん》そうな声が聞こえてきた。

「……今、なんて言った?」

寧々花の反応に、「おや?」と思った。

もしかして寧々花は、知らないのだろうか。義理の兄妹には恋愛の自由があることを。

「……義理の兄妹になっても、俺と寧々花は結婚できるぞ? 血が繋がってないから」

「結婚できるの!?」

「わぁぁぁ!?」

いきなり風呂場のドアが勢いよく開き、俺はその勢いで洗い場に突き飛ばされた。

体を起こして振り向くと、開いたドアの隙間から、こちらを見てホッと笑う寧々花がいる。

「そうなんだ……私てっきり、もう大貴《たいき》の妹でしかいられなくなっちゃったのかと思った……。私まだ、大貴の彼女でいられるんだね……」

体の前でバスタオルをぎゅっと抱きしめ、微笑《ほほえ》む寧々花。体の一部はバスタオルで隠れているが、寧々花のステータスは全裸で変わりがない。

ようやく冷めた俺の煩悩の、追い焚《だ》きスイッチが押された。

「あの、見えてる……」

「あ、ごめん!!」

慌ててドアの向こうに寧々花が消える。

「本当にごめんね……！　見られるの恥ずかしいって言っておきながら、自分からバカなことしちゃって……」

「だ、大丈夫……」

また見てしまった。

二度目の全裸の寧々花が、俺の記憶にハッキリと刻み込まれる。これはもう、忘れようったって忘れられない……。

「彼女としていても大丈夫だと分かって、安心した？」

寧々花の裸のことを考えないように俺が話を戻すと、寧々花が「うん」と言うのが聞こえた。

「私……大貴の彼女でいたい。これからも、義理の兄妹になってからも、私は大貴の彼女だからね！」

ドア越しに聞こえる、寧々花の嬉《うれ》しそうな声。

俺も寧々花と別れずに済んで、ホッと胸を撫《な》で下ろした。

「俺も良かったよ……寧々花と別れるなんて考えたこともなかったから」

安心したせいか、声が途中で裏返りそうになった。心なしか、視界が少し歪《ゆが》んでいるようにも見える。頭の奥にモヤがかかるようなこの感じはまさか……俺ってもしかして、今、マズイ状態？

「大貴、大丈夫？　声がヘロヘロしてるよ？」

「うん……ごめん。なんかもう、のぼせそうで……」

「え!?」

「そろそろ本気で動かないと、俺が風呂場で倒れる事態になりそう……」

「それを早く言おうよ！」

俺が風呂場で倒れたら、リアルにゲームオーバー。救急車騒ぎになり、俺たち家族の同居生活初日は、めちゃめちゃになってしまう。

もう俺たちに残された時間は少ない。

作戦の実行を迷っている暇はなくなっていた。


「じゃあそろそろ、始めるか」

俺が覚悟を決めて呟《つぶや》くと、寧々花もすぐに言った。

「うん……やろう」

「じゃあ俺は、壁際に行くから」

「分かった」

俺は風呂場の壁に向き合い、鼻先が触れそうなくらいまで近づいた。

「寧々花、いいよ」

「うん……！」

ガチャッとドアが開く音がして、寧々花が風呂場に入ってくる気配がする。そのままじっと待つと、寧々花から声をかけられた。

「浴槽に入ったよ」

「了解」

俺は浴槽を見ないように、そっと壁に沿って移動。ドアを開けて、脱衣所に脱出した。

「ふぅ……」

ヒヤリとした空気が心地よい。熱気が立ち込める浴室より、呼吸もしやすい。これだけでも、生き返った気分だ。

「大貴、大丈夫？」

ドアの向こうから、寧々花の声。きっと浴槽を出て、洗い場に来たのだろう。

「大丈夫。心配しないで」

「うん……大貴は、無理しないでね」

寧々花がお湯を使う音が聞こえる。どこを洗っているのか想像しそうになり、洗面所にあったタオルで顔をゴシゴシ拭いた。

「ねぇ、大貴……」

「ん？」

寧々花から話しかけられて、俺はドアに近付く。

「大貴のお母さんって、優しい人だね……」

「そう？」

「うん。私が荷解きするために大貴に出てもらった後、大貴のお母さんが荷解きを手伝いに来てくれたんだ。私がね、『こんなに広いお部屋を貸してもらえて嬉しいです』って言ったら、大貴のお母さんはなんて言ったと思う？」

「う～ん……何だろう？」

「『貸しているなんて思ってないわ。この部屋はもう寧々花ちゃんのものだから、遠慮しないで使ってね』……だって」

「そっか。母さんらしい言葉かも」

「優しくて素敵な人だなぁって思った。この人がお父さんの好きになった人なんだって思ったら、すごく嬉しかった」

「それからね……」と寧々花が続ける。

「あんなに素敵なお母さんだから、大貴もこんなに優しくて素敵な人になったんだなって思って……ますます、大貴が好きだなぁって思った」

寧々花のストレートな言葉に、顔が熱くなる。

恥ずかしくなった俺は、持っていたタオルで口元を押さえた。

「ありがとう……」

タオルで口元を押さえているせいで、くぐもった声になった。

聞こえていないかな、と思った。

でも、寧々花はドアの向こうから応じた。

「ううん。こちらこそ、ありがとう。みんなと家族になれて、嬉しい……。これから、よろしくね」

「うん。よろしく」

そうだ。今日から俺たちは家族。いろいろ事情を抱えているけれど、家族なんだ。

俺たちはもう、母子家庭でも父子家庭でもない。両親と共に暮らせる。

そして、兄妹もいる。――親の帰りを待って一人でいる時間なんて、これからほとんどなくなるだろう。

浴室からジャバジャバとお湯を流す音が聞こえ、しばらくしてから声をかけられた。

「浴槽に入ったよ！」

「おう！　分かった！」

あとは俺が寧々花を見ないように浴室に入り、俺の背後を通って寧々花が洗面所に出るだけだ。

俺はそっとドアを開けて、壁際を移動。視界には壁しか入らないように心掛け、寧々花《ねねか》に俺の体の前側も見せないように要注意。ドアから少し離れた壁に近付くと、寧々花に声をかけた。

「今のうちにどうぞ」

「ありがとう」

ザバッと寧々花が浴槽から上がる水音。

俺の背後を寧々花が移動する気配がしたが、ドアが閉まる音が聞こえない。

まだ浴室から出ていないのか。

振り返って確認することもできないから、じっと寧々花の声を待つ。

すると突然、背中をツツッと何かが撫でた。

「ふぁっ!?」

「あ、ごめん……つい」

すぐ後ろから聞こえる寧々花の声。

「え？　え？　寧々花、今、後ろにいるの!?」

「うん……大貴の背中、格好いいなって思って、つい触りたくなっちゃった……」

「な、え、あ、そう？　別に、特に何もしてないんだけど……」

いきなり褒められて、キョドってしまった。

ところが寧々花は、俺の背中をペタペタと触り続ける。

「高校入ってからずっと、バイト頑張ってたって言っていたじゃない？　それで鍛えられたとか？」

「あ、そっか……近所のオジサンの店の手伝いしていたんだけど、酒瓶の入ったケースを運ばされてたからかな？　かなりの重量だったから筋トレになっていたのかも」

「うん……逞《たくま》しくて格好いいね」

俺の背中に、何か温かいものがくっついてきた。

寧々花だ。寧々花が俺にくっついてきたのだ。

ドキドキして言葉が出てこない。無意識に、息を止めそうになった。

背中に感じる寧々花の肌が、どこもかしこもすべすべで柔らかい。俺のとは全然違う、ふわっとして吸い付くような肌だ。

「大貴のお母さんと私のお父さんの中では、私たちは義理の兄妹だけど……私はちゃんと、大貴の彼女だからね？　それでいつかはちゃんと……私たちのこと、お父さんとお義母《かあ》さんにお話ししようね」

俺にくっついたまま、寧々花が言う。

「大好きだよ……大貴」

全裸の寧々花による愛の言葉。それがトリガーとなって、俺のシャワー・バス切り替えハンドルが上向きになりそうになる。

「……うっ」

俺は思わず呻《うめ》いて前屈《まえかが》みになった。

「ん？　大貴《たいき》、どうしたの？　大丈夫？」

俺の異変を感じ取って、寧々花が心配そうに声をかけてくれた。

しかし俺は、俺の切り替えハンドルを押さえるのに必死だった。

待て。待つんだ俺の切り替えハンドル。上向きになってどうするつもりだ。

ハンドルが上を向けば、ホースに熱いお湯が流れ込む。そしてシャワーヘッドから熱いお湯が弾《はじ》けるように飛び散る。つまり、シャワー・バス切り替えハンドルはシャワーという装置における司令塔。

こいつに好き勝手されれば、一斉に煩悩たちが動き出す。

動き出せば止められない。手に負えなくなる。

一度ホースに流れ込んだものは、シャワーヘッドから外に出る以外に道はない。

——させねぇぞ、俺の切り替えハンドル。これ以上ホースを熱くすることも、シャワーヘッドを解放することも許さんっ！

「ねぇ、大貴！　具合悪くなっちゃったの？　ずっとお風呂にいたのが原因だよね？　のぼせちゃった？　まさか、熱中症？」

寧々花が不安そうに俺の腕を摑《つか》んだ。その摑まれた腕に、ふにっと柔らかいものが押し付けられている。

――ね、寧々花の胸がっっ!?

ピンチだ。

俺の意志は、混合栓。水も出ればお湯も出る。

つまり、いくら冷静であろうとしても、情欲を止めることはできないわけで……。

もう手段は選んでいられない！

俺は覚悟して、寧々花に告げた。

「ごめん……!!　俺のシャワー・バス切り替えハンドルが上向きになりそうなだけだから、先に行って！」

「大貴のシャワー・バス切り替えハンドル？　いったい何の話をしているの!?　大丈夫!?」

遠まわし過ぎて伝わらないどころか、余計に心配されてしまった。

男性特有のピンチについて伝えるには、やはりもっとストレートに伝えるしかない。

そうだ、息子だ。それも、不甲斐《ふがい》ない息子だ。

「だから、その、俺の愚息が……立身出世しておりまして……」

「愚息が……立身出世？」

我ながらどんなワードチョイスだ。

現状をそのまま伝えられず、立身出世などと……。

いや、しかし、初めてできた交際二ヶ月の彼女に、男友達と同じくらい赤裸々な表現ができるだろうか。……誰に何を言われようと俺にはできねぇよ。

俺は振り向かないまま、寧々花の様子を探る。

すると、「愚息が立身出世……愚息が立身出世……」とブツブツ唱えて考えていた寧々花が、うーんと小さく唸《うな》った。

「えっと……おめでとうございます？」

案の定、何も伝わらなかった。

まぁ確かに愚息が立身出世できたら、めでたいことだと思うけど。

「……ごめんね、大貴。大貴が何を言っているのかよく分からないのだけど、きっとのぼせて疲れちゃったんだよね。すぐに着替えて大貴も部屋に行けるようにするからね！ちょっと待っててて！」

寧々花が急いで俺から離れる。そしてすぐにドアが閉まる音がした。

結果オーライだ。俺の言いたいことが伝わらなくても、寧々花が浴室を出てくれればそれでいい。

俺はゆっくり横に移動して、実物のシャワーの温調ハンドルを水に切り替える。そして、頭から勢いよく冷水を浴びた。

熱くなっていた体が、一気に冷やされる。

厳しいようだが、こんな時にこんなところで身を立てた息子を、俺は褒めてやるつもりはない。

だから、父さんに認めてもらうために頑張ったのに……って言わんばかりにしょげた雰囲気出すんじゃねぇぞ。息子よ。

――……って、俺はマジで何を言っているのかな？

煩悩と闘うのに必死すぎて、おかしなテンションになっていたようだ。

煩悩のお湯張りスイッチとか、俺のシャワー・バス切り替えハンドルとかも謎である。

しかも最終的に、その謎の世界観に寧々花を巻き込もうとしていたとか地獄かな。

――あーぁ、嫌なところ見せちまったなぁ……。

この二ヶ月間、寧々花との交際はゆったりとした穏やかなものだった。互いに恥ずかしがりながら手を握るぐらいで、まだキスだってしていない。

しかし今日は、急展開の嵐だ。

両親に交際を伝える前から、同居がスタート。いきなり寧々花の裸を見てしまったし、俺もあまり見られたくない姿を見せてしまった。

同居開始初日からこれでは、これから先、一体どうなってしまうのやら。

――煩悩がシャワーで洗い流せるなら、苦労しないんだけどな……。

一度消えたところで、また復活するのは目に見えている。

男子高校生の煩悩の泉は、日本最大級のダムよりデカイ。好きな女の子と同居して、それに蓋をしろって言うほうに無理がある……。

――でも、自分の欲望を寧々花に押し付けるのは本望ではない。寧々花の気持ちを何より大事にするんだぞ！　俺！

冷水に打たれながら、そう自分に強く言い聞かせた。

俺にだって矜持《きょうじ》ってものがある。好きな子を泣かせてまで自分の気持ちを優先したりなんてしない。物事にはタイミングってものがあって、俺と寧々花の関係が進むのに相応《ふさわ》しい時っていうのがあるはずなのだ。そしてその時になったら、『今がその時！』って天啓を得るんだよ。多分。

もはや滝行状態で心の中で活を入れていると、寧々花の声がした。

「大貴。私、着替えたから行くね」

「うん……分かった」

洗面所のドアが開いて閉まるのを、耳を澄ませて待つ。その音を確認してから、俺はシャワーを止めた。

長い風呂だった。

寧々花が去ったあとの洗面所に入り、新しくタオルを取って体を拭いた。

ずっと熱かったあと急に冷やしたから、体がダルイ。中学の夏休みに、友達と市民プールで遊び倒した時くらい疲れていた。

「よし。あとは無事に部屋に帰って着替えるだけだ」

きっと寧々花が母さんたちを足止めしている。

俺はただ落ち着いて、部屋に向かえばいい。

タオルを腰に巻くと、俺は洗面所をそーっと抜け出した。

――よく考えたら、さっき寧々花と風呂場で入れ替わる時も、お互い体にタオルを巻いていれば良かったんじゃ……？

事が落ち着いてみれば、他に無難な方法があったことに気づく。

バスタオルを持ち込んじゃいけないって無意識に思ったのかもしれないけど、温泉でも銭湯でもなく自分の家の風呂なんだから、持ち込んだっていいだろうに。

必死すぎて、どう考えても冷静じゃなかった。

――いやいやもう、それを考え始めたら落ち込むだけだ。想定外の非常事態であそこまで頑張ったんだ。これでいいことにしよう……。

　俺は疲れ果てた体を引きずって、自分の部屋に歩いていった。


お風呂から脱出して、約三十分後。

自分の部屋で着替えを済ませた俺は、ベッドに仰向《あおむ》けになって転がっていた。

長時間お風呂場にいたことと、諸々《もろもろ》の刺激が原因で疲労困憊《ひろうこんぱい》。最後に冷水を浴びたが、まだのぼせた感じもある。

　ダルくて眠くてうつらうつらしていると、部屋のドアがノックされた。

「おにぃちゃん……入ってもいい？」

「あ、うん……」

返事をすると、寧々花《ねねか》が部屋に入ってくる。

俺はベッドに転がったまま、寧々花のほうに顔だけ向けた。

半袖のTシャツに、膝上丈の短パン姿。女子らしい柄の、上下セットと思われるルームウェアを着ている寧々花を見て、心臓が跳ねる。

　――こんな姿、付き合ってまだ二ヶ月なのに見ちゃっていいんですか!?

　俺の全細胞が『はぁぁぁぁ無理ぃぃぃぃ俺の彼女が可愛《かわい》すぎて無理ぃぃぃぃ』と、悶《もだ》えている。あまりに尊い姿に細胞レベルで震えていた。

俺がそんなことになっていると知らない寧々花は、ベッドに近寄ると、タオルを差し出した。

「湯あたりしちゃったんじゃないかなって思って、保冷剤持ってきたんだ」

「あ、ありがとう……」

保冷剤が包まれたタオルは、顔に押し当てるとひんやりとしていて気持ちがいい。

寧々花の優しさが嬉《うれ》しくて、自然と顔がニヤける。

「何でそんなに嬉しそうな顔しているの？　おにぃちゃん」

ベッドサイドにしゃがんで、寧々花がベッドにちょこんと顎を乗せた。顔が近い。

「あの……それよりさ、寧々花に『おにぃちゃん』って呼ばれるのは恥ずかしいんだけど、どうにかならない？」

俺が言うと、寧々花が「う～ん」と唸った。

「それについていろいろ考えたんだけど、私は大貴をこれからもお兄さん扱いしようと思う」

「えぇ!?　どうして!?　母さんたちに俺たちが付き合ってること、カミングアウトしないつもり!?」

「うん……だってまず、カミングアウトしたところで、メリットがないんじゃないかと思って」

「メリットがない？」

　俺たちが交際していることが分かれば、家の中でも恋人同士として過ごせるんじゃないかと思っていた。それはメリットじゃないのか。

「付き合ってるって知ってもらったほうが、家の中で堂々と一緒にいられるんじゃないの？」

「ううん、逆効果だと思う。節度を守って交際しなさいって言われて、行動を制限されるんじゃないかな？　お互いの部屋に行き来しないように……とか。あとは成績が下がった時に、付き合ってるせいにされるとか……」

「寧々花のお父さんって、そういうこと言いそう？」

「うん……言いそう。前に十代の男女が同居しちゃうドラマを一緒に観《み》てたんだけど、こんなのを許す親の気がしれないって文句言ってたから。まさか再婚したばかりで別居はしないと思うけど、ルールは決められちゃうんじゃないかな」

「そっか……」

「それに、私たちが付き合っているとカミングアウトしないほうが、メリットがある」

「ん？　どういうこと？」

「お父さんたちは今、再婚したばかり。家族みんなが仲良く暮らせるかどうか、不安だと思う。そんな中、私とおにぃちゃんが兄妹仲良くいい感じに住んでいたら、どう感じると思う？」

再婚するまで、お互いの存在すら知らなかった子どもたち。そんな子どもたちが、不満を見せずに仲良くしていたら……。

「嬉しい……んじゃないかな？」

「そうそう！　そういうこと！」

俺の回答を聞いて、寧々花が興奮気味に言う。

「カップルの同級生が部屋に籠もっていたら、何しているんだろって怪しまれるでしょう？　でも、同居したての兄妹が部屋に籠もっていたら、親睦を深めているのかな……邪魔しないでおこうかなってなるでしょう!?」

果たして寧々花の想像通りになるかは分からないが、兄妹というスタンスのほうが、親の警戒心が働きにくいというのは分かった。

「寧々花、お風呂上がってからずっと、そんなことを考えていたの？」

寧々花が自信ありげに、ふふんと笑った。

「だって大事なことだもん……ちゃんと作戦立てて、共有しないと。親に隠れて付き合うなんて、ゲームみたいでワクワクするよね」

寧々花のポジティブな考えを聞いて、笑ってしまった。

寧々花の好きな所はいろいろあるけれど、まずこのポジティブさが俺は好きだ。

それから、何でも一生懸命考えるところも好きだと思う。余計な心配までしていることもあるけれど、いろんなパターンを想定できる想像力は尊敬に値する。

たまにおっちょこちょいなところも含めて、俺は寧々花が大好きだ。

彼女が寧々花で……義理の兄妹になったのが寧々花で、良かったなと思った。

「これからも秘密のまま、こっそり一緒にいる時間を増やそうね。好きな人と一緒に住めるチャンスなんてなかなかないし、ラッキーだと思わない？　受験もあるから、学校以外で一緒に過ごすのは難しいかなって思ってたけど……もうそんな心配もいらなくなっちゃったね」

寧々花がえへへっと笑った。

いたずらっぽい笑顔に、胸がドキドキした。

――寧々花は真面目な優等生タイプだと思っていたから、こんなにイタズラ好きだとは思わなかったな。

意外な一面が見られて、ソワソワする。

俺はベッドから体を起こして、ベッドの上に座った。

「それにしても……まさかお父さんの再婚相手に子どもがいて、しかもその子どもが大貴《たいき》だと知らなかったから油断したよ……。大貴と一緒に住むって分かっていたら、もっと可

愛いルームウェアを買っておいたのにな……」

寧々花がそう言いながら、上のルームウェアの裾を指で弄《いじ》っている。そのせいでルームウェアの裾が捲《めく》れて、寧々花のお腹《なか》がちらっと見えた。

俺は慌てて目を逸《そ》らし、そこを見ないようにする。

「きっとお父さんったら、私が真面目に再婚についての話を聞かないから、再婚相手の子どもの存在とか、いじけて言うのをやめちゃったんだと思う。別に再婚に興味がないわけじゃなくて、お父さんの選んだ相手なら間違いないと思っていただけなのになぁ」

寧々花が唇を尖《とが》らせて、不満そうに言った。

でも俺は、それを聞いて笑ってしまった。

「さっき風呂でもちょっと聞いたけど、俺と何もかも同じだから笑うしかないや」

「え？　そうなの？」

「うん。でもお互いにそうじゃなきゃ、再婚相手の子どもが交際相手って事実を、同居当日まで知らないなんてミラクルは起きないよな」

「あはは……だよね……」

眉尻を下げて笑いながら、まだ寧々花はルームウェアを弄っている。

そんなに気になるのだろうか。こんなに可愛いのに。

「それもすごく、可愛いと思うけど……」

俺がそう言うと、寧々花が嬉しそうに「本当？」と言った。

「でもお小遣い貯《た》まったら、絶対に新しいの買う！　ねぇ、大貴はどんなのが好み？」

「え？　俺、女子の服なんて分からないよ」

「え〜何か思いつかないの？　大貴に一番可愛いって思ってもらえる服を買いたいのに、ノーヒントじゃ選べないよ〜」

寧々花がベッドに手をついて、身を乗り出してくる。

「可愛い系がいい？　それとも、大人っぽいやつ？」

「えぇ……？　寧々花が好きだと思うものでいいと思うんだけど……」

「ちゃんと考えてってば〜！　スカート系がいいかな？　それとも今みたいな感じの？」

寧々花の勢いに押されて俺が身を引くと、寧々花は俺を追ってベッドに上がってくる。

もう、俺も寧々花もベッドの上。

二人の顔の距離は、二十センチ程まで縮まっていた。

綺麗《きれい》な目が、俺を見つめている。寧々花の珊瑚《さんご》色の唇に、思わず視線が吸い寄せられる。

——これはもしや……チャンスなのか？

俺は恐る恐る寧々花の頬に触れた。

寧々花は視線を落として目を少し伏せたが、嫌がっている感じではない。

俺の手のひらに伝わる寧々花の体温が、上がる。

俺は息を止めて、寧々花との距離を詰める。

あと十センチ……あと五センチ……あと……――。


「――大貴～？　ねぇ大貴～！」

ガチャガチャッ。


突然聞こえた母さんの声。ドアを開けようとする音。

その瞬間、俺たちは何かを考えるより先に、お互いの距離を取った。

「大貴～。明日、母さん仕事なのよね。亮介《りようすけ》さんと寧々花ちゃんのご飯お願い……って、あら？　寧々花ちゃんもいたの？」

年頃の息子の部屋に、ノックもせず入ってくる母親。

思春期の男子の敵が何食わぬ顔で部屋に入ってきて、寧々花を見つけて微笑《ほほえ》んだ。

「あ、はい！　ちょっとおにぃちゃんが調子悪そうだったので、保冷剤を持ってきました!!」

寧々花はベッドの上に転がっていた保冷剤入りタオルをパッと取り、掲げて見せた。

「あらぁ……寧々花ちゃん、優しいのねぇ……。やっぱり女の子は違うわ！　気遣いができるものね！　それに比べて大貴は、寧々花ちゃんと同学年だというのに気が利かなくてもう……」

「母さんだって気遣いゼロだろ！　俺の部屋のドアをいきなり開けるなっていつも言ってんのに!!」

「はい？　何か見られちゃいけないことでもしようとしてたの？」

母さんにジト目で見られて、額に変な汗が出た。

「別にそうじゃないけど！　閉じているドアがいきなり開いたらビックリするんだよ！

誰が入ってきたのかと思って焦るじゃねぇか！」

「ビビりねぇ……。これから寧々花《ねねか》ちゃんと二人で留守番することもあるんだから、もうちょっとしっかりしなさいよ。いきなり開くドアぐらいでビックリしてたら、いざトラブルが起きた時に何もできないわよ？」

なぜか自分のデリカシーのなさを棚に上げようとする母さん。

俺が怒りに震えていると、寧々花が助け舟を出してくれた。

「あの～それで、お義母《かあ》さんは明日、お仕事なんですよね？　ご飯の用意は私がしてもいいですか？」

「え？　寧々花ちゃんが？　いいの？」

「はい！　お父さんと二人で住んでいた時には、私が作っていましたから慣れています。自己流なので味の保証はできないんですが……よかったらお義母さんに食べてもらって、どうしたらもっと美味《おい》しくなるか教えてほしいです」

寧々花の言葉を聞いて、母さんが「まぁ！」と言って手で口元を押さえた。

母さんの目はうるうるし、キラキラ輝いて見えた。

そりゃあ長年、気が利かない俺と二人でいたんだ。こんな『いい娘のお手本』みたいな寧々花を見たら、ギャップで涙も出るだろう。いや、もはや『いい嫁のお手本』とも表現できるのではないか。

――なんていうかもう、寧々花って将来『いい嫁』になるとしか思えないんだよな……。

父子家庭で育ったからなのか、寧々花が生まれ持った性質なのかは分からない。が、寧々花を一言で表すと『家庭的』という表現が一番しっくりくる。

男友達も、『彼女にしたいとはあまり思わないんだけど、結婚するなら鳥井《とりい》さんみたいな人がいいんだと思うんだよね』と言っていた。……前半で男友達を張り倒しそうになったが、後半の内容には激しく同意である。

寧々花の対応ですっかり気を良くした母さんは、上機嫌で手を振りながら部屋から出ていった。

「じゃあ、おやすみなさい」

「おやすみなさい」

「おやすみ～」

ドアが閉まると、再び寧々花と二人きりになる。でも俺たちは、母さんの足音が聞こえなくなるまで、息を潜めてじっとしていた。

「行ったか……」

ふぅと息を吐いて、肩の力を抜いた。

この家に住み慣れた俺には、母さんが戻った先がリビングということまで分かった。

俺がベッドに仰向《あおむ》けに倒れると、寧々花がクスクス笑い出す。

「すっごくドキドキしたね」

「うん……心臓止まるかと思った……」

そこで思い出した。俺たちがさっき、何をしようとしていたかを……。

しかし寧々花は、何事もなかったかのようにドアに向かった。俺はそれを目で追う。

「さてと、私もそろそろ自分の部屋に戻ろうかな」

「あ、うん……今日は引っ越しもあったから疲れてるだろうし、ゆっくり休んで」

「ありがとう」

寧々花がドアノブに手をかける。が、ふと手が止まり、寧々花が振り向いた。

「お父さんたちの前では、私はおにいちゃんの妹……。でも、二人きりの時は、大貴の彼女だからね」

恥ずかしそうに言う姿が、堪《たま》らなく可愛《かわい》かった。

ドアの向こうに消えていく寧々花を見送りながら、俺の魂は抜けそうになっていた。
——あんな可愛い彼女と同居していて、俺は本当に大丈夫なんだろうか？
〝何が〟大丈夫なのかと聞かれるとツライ。
自問自答しておきながら、〝何が〟の部分は聞かないでほしいと思った。

幕間……side寧々花…………♥

大貴《たいき》に保冷剤を届けに行った後、自分の部屋に戻った私はベッドの上で足をバタバタさせていた。

——同居初日から、とんでもないことをしちゃったぁ!!

自分のミスで、大貴とお風呂で鉢合わせしてしまった。そして、裸を……見られてしまった。

お義母さんたちにバレないように脱出しなければならず、必死だった。でも無事にピンチを切りぬけた今、冷静になるとあの時のことが恥ずかしくて堪らなくなる。

「大貴……私の裸見て……どう思ったかな……?」

大貴は私の裸を見たことについて、謝っただけで他には何も言わなかった。

綺麗だね……とも言わなかったし、ガッカリした……とも言わなかった。

何を言われても恥ずかしくて死にそうになっただろうし、幻滅されたら立ち直れないくらいショックだ。でも、大貴がどう思ったのか分からないのも不安でモヤモヤした。

「お腹がぷよぷよしてる……とか思われてたらどうしよう……。もっとちゃんと腹筋鍛えておけば良かったかも……!」

今年こそはお腹《なか》を引き締めるぞって、年に何度か決意する。そして腹筋を鍛え始めるが、たいてい三日で諦めてしまった。

そんなに飽きっぽい性格ではないはずなのに、どうしても運動は続かない。運動神経というものが備わっていないのだろうか。

学校の友達とプールに行くくらいなら、多少お腹がぷよぷよしてても大丈夫だよね……なんて、今まで自分を甘やかしていた自分が恨めしかった。

「……それにしても、大貴ってば、変なことばっかり言ってたな……。俺のシャワー・バス切り替えハンドルが上向きになりそうとか、愚息が立身出世とか……あれは何を伝えたかったんだろう？」

のぼせて疲れてしまったのかなと思ったが、もしかしたら他にも意味があったのかもしれない。

「何を言おうとしていたのか、もっとちゃんと聞いてあげればよかったな……」

他に伝えたいことがあったなら、申し訳ないことをしたと思う。

でも、もう大貴は部屋で休んでいるだろう。

今から聞きに行くのも忍びない。お風呂にずっといて疲れただろうから、ちゃんと休んでもらいたいし。

私は大貴の彼女なんだから、大貴が言いたかったことちゃんと分かってあげたい…！
ギュ
必ず解き明かしてみせるわ…！
『俺のシャワー・バス切り替えハンドルが上向きになっちゃう…』ってどういう意味なのかを！
うぅ…自分じゃわかんないよぉ誰かに聞いたら分かるかな…？
ごろ
ごろ
でも大貴と付き合ってること友達には内緒にしてるし…
寧々花
グループ
友だち
葵
小野太郎
かなえ
そうだ！ヤプー知恵袋に書き込んでみよう！誰かが答えてくれるかもしれない！
質問する
回答する
マイページ
neneka…さん
私の彼氏が、俺のシャワー・バス切り替えハンドルが上向きになりそうだと、苦しそうにしていました。またその直後、愚息が立身出世という謎の発言をしています。彼の言いたかったことが分かる方がいたら教えてください。
関連の質問を見る▷
ヤプー知恵袋

誰か答えてくれないかな…？
ドキ
ドキ
そんなにすぐ、謎を解いてくれる名探偵さんが現れるはずないか…
ピロン
来た…!?
回答者hiro7
俺のシャワー・バス切り替えハンドルが上向きになりそうだという表現についてですが、**男性の体には、普段は下向きで、**いざという時になると、**上向きになる部位**があります。ハンドルが上を向くとシャワーからお湯が出るという点から見ても、おそらく私の予想は正しいでしょう。
また、愚息という表現についてですが、**男性が自分の一部を『息子』と表現するのは、**聞き覚えがありませんか？
大貴のシャワー・バス切り替えハンドルって、そういうことだったのおおおおお
ヤァ～～…
ネットの力により、大貴の煩悩ワールドへの理解を一歩進めた寧々花なのであった
くしゅんっ
く

回答を読みながら、体がどんどん熱くなって、汗が出てきていた。

――大貴のシャワー・バス切り替えハンドルって……男性の、アレの話……だったのね!?

あの時、私が裸のまま大貴の背中にくっついてしまったせいで、大貴の言う愚息……つまり、私から見てご子息には状態変化が生じた。それを大貴は、私をビックリさせないように気を遣って、頑張ってオブラートに包んで伝えようとしていたのだ……。

頭が熱くなって、ちょっとクラクラする。

大胆なことをしていた自分が恥ずかしい。

でも大貴が私のせいでドキドキしていたと思うと、嬉《うれ》しい。

私を気遣ってくれた、大貴の優しさも嬉しい。

だから、余計に……察してあげられなくて申し訳なかったなと思った。

この歳《とし》になって、何も知らないフリはできない。だって、知らないっていうのも変な話だ。

女子である以上、そういう知識は自分の身を守る意味でも大切なこと。私にはお母さんがいなかったけど、お祖母《ばあ》ちゃんから話をよく聞かされた。

ちゃんと知っていたのに……話が通じなかった私を、大貴はどう思っただろうか。

――高校生にもなって、話通じないんだけど大丈夫かな……って、引いたりしてないよね……？

「いや、あれは、知らないフリをしようとしたんじゃなくて、大貴の言い方が独特すぎて、何言っているのか分からなかっただけだもん……!!」

誰も聞いてないのに、必死で言い訳をしてしまった。

ちょっと落ち着くために、深呼吸を一つ。

大丈夫だ。保冷剤を持っていった時、大貴はいつも通りだった。大貴はきっと、引いたりしていないはず。

そうじゃなきゃ……あんな風に、キスしようとしたり、しないもんね。

大貴の唇が触れそうになった、自分の唇に触れる。

あのままくっついていたら、どうなったんだろうか。

また大貴のご子息が、状態変化しちゃっただろうか。

私は大貴が好き。

大貴も私が好きだと思うし、大貴がそういうことしたいなら、私は……。

――……で、でも、私たちはまだ高校生だし、付き合ってるからといって、そんな大人な関係になるのは、まだ、早いよね！　うん、そうよ。ちゃんと責任を持って、自分たちで赤ちゃんを育てられるようになるまで、そういうことは安易にしちゃダメなんだから！

首をブンブン振って、邪《よこしま》な気持ちを消す。

「大貴もたぶん、そういうのが分かっているから我慢したんだろうし、ハッキリ言わなかったんだ。だから私も……毅然《きぜん》とした態度で流してあげなきゃね！」

やっぱり大貴を好きになって良かった。

紳士的で、思いやりがあって、最高の彼氏。

大貴が初めての彼氏で、私は絶対に幸せだ。

寝ようと思っていたのに、ドキドキが止まらなくて眠れそうにない。私は布団にくるまって、ぎゅっと布団の端を握った。

付き合って二ヶ月も経《た》つのに、大貴のことを知れば知るほど、もっともっと好きになる。

――私も、大貴にもっともっと好きになってもらいたい……。

「腹筋……ちょっと鍛えようかな？」

どうせこのままじゃ眠れないし、少し動かしたほうが眠りやすくなるかもしれない。

私は掛け布団をガバッとはいで、布団の上で腹筋運動を開始した。

第二章

親が再婚し、俺と寧々花《ねねか》がひとつ屋根の下で暮らすようになって三日目。月曜日がやってきた。

「行ってきます」

「行ってきま～す」

「はい。二人とも気をつけてね～」

出勤前の母さんに見送られて、俺と寧々花が家を出る。

近すぎず、遠すぎず……絶妙な距離を取り、俺たちは並んで歩いていた。

二人で会話もせず、黙々と歩く。

だが、家から数百メートル離れた曲がり角を曲がり、家が見えなくなったところで、二人同時に「はぁ～」と大きな溜《た》め息《いき》をついた。

思わず俺は笑ってしまう。

「やっぱり、母さんたちの前は緊張するよね」

「うん……家にいる時に気が休まらないんじゃ、困っちゃうけどね」

寧々花も笑い出した。

俺たちは一緒に駅に向かいながら、この土日のことを振り返る。

「お父さんたち、喜んでたね。私たちの仲が良さそうだから安心したって言われたよ」

「普通、同級生の男女がいきなり同居することになったら、最初は気まずい空気が流れるだろうしな……」

「うん。ものすっごく気を遣って、ジリジリと、コブラとマングースみたいな距離の取り方をすると思うよね……」

「別にコブラとマングースは、お互いを気遣って距離を取るわけじゃないと思うんだけど……？」

コブラとマングースは、天敵同士。お互いに心地の良い距離感を図っているわけではない。

「俺と寧々花はもう付き合って三ヶ月目になるし、自然とコミュニケーション取れちゃうもんな。逆にそれを怪しまれなくて良かったと思ったよ」

「お父さんたち、今、自分たちの世界を楽しんでいるところがあるしね……」

「そうだよな……」

俺も寧々花も昨日のうちに、嫌というほど両親のラブラブっぷりを見せつけられていた。

幸い母さんが仕事だったため、俺たちの前でイチャイチャしている時間は短かった。が、目がハートになっている両親を見ていれば、子どもにはいろいろ思うところが出てくるものだ。

生まれてからずっと両親が仲睦《むつ》まじくしている姿を見てきたならともかく、親の一人を幼少期に亡くしていた俺たちには、両親のそういう姿を見る機会がなかった。だからギャップが凄《すさ》まじい。

――あぁ……はいはい。長年俺たちを育てることだけに心血注いできたんですし、好きな人と暮らせるようになって嬉しい気持ちは分かりますし、別にお邪魔しようとも思いませんけどね………。ちょっとは自重しろ!!

……とでも言いたくなるような、砂を吐きたくなる甘々な光景を見せつけられるのである。

別に俺たちの前で堂々とキスしたりしているわけではないんだが……身を寄せ合って愛の言葉を囁《ささや》き合う様子を見れば、ついつい心を無にしたくなる。

なんというか、あれを見て反応したら負けだ。

そんな感じで両親は、とにもかくにも自分たちの幸せを噛《か》み締めている真っ最中。

子どもたちが不自然なくらい普通に仲良くしていても、仲を怪しまれずに済んでいる。

「そういえば大貴《たいき》って、もう鳥井《とりい》大貴になったんだよね？　学校でも、鳥井くんって呼んだほうがいいの？」

寧々花が首を傾《かし》げて聞いてきた。

「あぁそうだ。寧々花にちゃんと説明していなかったな。……俺は戸籍上、鳥井大貴になったんだけど、学校では『森田《もりた》』のままでいさせてもらえるように、母さんから学校に話をつけてもらってあるんだ」

「え？　そうなの？」

「うん……途中で名字が変わるの、ちょっと恥ずかしいし。母さんだって、職場では『森田』で通そうとしているみたいだからさ。再婚の話をされても適当にしか聞いてなかったんだけど、そこだけはちゃんと返事していたんだよね。……結果的に、それで良かったなって思う。寧々花と学校で兄妹扱いされるの、なんか嫌だし」

「私も！　家族以外の人から、大貴の妹扱いされるのはちょっと嫌だなって思っていたから、今の話を聞いて安心したよ。じゃあ、自分たちから兄妹になったことを明かさなければ、周りの人にバレる心配はないんだね」

よくある名字ならともかく、鳥井はうちの学年に一人しかいない。その上、俺たちはそれなりに仲がいいと、周囲から認知されている。

俺がいきなり『鳥井』を名乗りだしたら、即、俺と寧々花の関係を怪しまれるだろう。

「先生たちは知っているだろうけど、生徒には自分で言わない限り伝わらないと思う。そこで聞きたいんだけど……俺と兄妹になったこと、寧々花は周りの人に言いたい？」

「え？　イヤだな」

即答だった。

シンキングタイムゼロだったことに驚いていると、寧々花が慌てた様子で言った。

「あ、別に、大貴がおにぃちゃんだと恥ずかしいとかじゃなくてね？　絶対にからかわれると思うから、イヤだなって思って！　同級生が同じ家に住んでいるってだけで、大騒ぎする人がいそうでしょ？」

「あ、うん……いるかも」

良からぬ想像をする人もいるだろうし、プライバシーに踏み込んだ質問をたくさんされそうで困る。学校生活が落ち着かなくなること間違いなしだ。

「じゃあ、俺たちが兄妹になったことは、学校では伏せておくってことでいいかな？」

「うん。言わないってことにしよう」

「分かった」

学校で、俺たちが兄妹になったことは秘密にする。そう決まったところで、ふと疑問が浮かび、俺は寧々花に聞いた。

「そうだ。聞きたいんだけど、この間まで俺たち、お互いに誰にも付き合ってること話していなかっただろ？　あれから寧々花は、俺と付き合ってることを誰かに話した？　別に、言ったらダメとかじゃないんだけどさ」

「ううん……まだ、誰にも言ってない。私の周りの友達、あまり恋愛トークっていうか、好きな人の話をしないし……やっぱり言いにくくて。大貴は？」

「実は俺も、まだ。受験生なのに彼女作ってる余裕あんのかよってイジりそうな奴《やつ》ばっかだからさ……誰にも言えてなかった」

「だよね……私も言われそう」

受験だろうがなんだろうが、いつ付き合っても二人の自由だと思う。しかし、教室で目立つことが好きじゃない俺たちは、人にやんや言われるのは遠慮したい気持ちだった。

「じゃあちょうどいいかな。これからも学校では、恋人同士であることも隠していこう。恋人同士であることがバレると、その噂《うわさ》が母さんたちの耳に入る危険もある。仮に母さんたちに内緒にできても、恋人同士であることが認知されているところに、義理の兄妹として同居していることまでバレたら、大騒ぎになって収拾つかなくなる可能性もあるし」

俺がそう言うと、寧々花が苦笑する。

「それは大事件だね。受験勉強も手につかなくなっちゃうよ……」

両親にも学校の友達にも、俺たちが付き合っていることは秘密。

さらに学校の友達には、義理の兄妹になったことも秘密。

話はそれでまとまった。

しかし俺は、寧々花が本当にそれでいいのか、ちょっと気になった。

女子は恋バナが好きだ。寧々花だって本当は、そういう話で友達と盛り上がりたいんじゃないだろうか。

「ん？　どうしたの？」

俺が考え事をしているのに気づいて、寧々花が小首を傾げる。

「あぁ、その……寧々花、本当にいいのかなって思って」

「何が？」

「寂しくない？　付き合ってるって誰にも言えないこと」

寧々花は「う～ん」と唸《うな》りながら空を見上げる。そして、明るい調子で言った。

「ちょっと寂しいけど……バレないように付き合うっていうのも面白いと思うし！」

「ポジティブだな～」

「ポジティブに生きるのは大事！」

「うん、確かにそうだ」

俺たちは暢気《のんき》だった。

付き合っていると言わなくったって、俺たちの仲がいいのは同級生のほとんどが知っている。だから別に、付き合っていることを隠すために無理に距離を取る必要もない。

学校で恋人同士であることを公言すれば、その噂が母さんたちの耳に届くリスクもある。

でも誰にも俺たちの交際を明かさなければ、俺たちは穏やかに交際を続けていられるのだ。

「じゃあ、さすがに家から学校までずっと一緒に歩いているのはマズイよね」

ふと、寧々花が言う。

「そっか……登下校路が一緒だったら、同じ家に住んでいるのがバレるよな」

「うん。だから、ルールを作ろう！」

「ん？　ルール？」

「そう。私たちが義理の兄妹として生活しつつ、交際しているのがバレないようにするためのルールだよ」

寧々花はビシッと空を指差した。

「ルールその一！　家を出る時は一緒でも、駅に着いたら別行動！　私は大貴とは別の車両に乗るからね」

なるほど。

俺は頷《うなず》きつつ寧々花に聞く。

「じゃあ、帰りはどうする？　今までは放課後一緒に勉強してから、一緒に駅まで行っていただろ？　もう一緒に駅まで帰れないのか？」

「うーんそうだね……。じゃあルールその二。学校から学校の最寄り駅まで一緒に帰ったとしても、そのあとは違う車両に乗る。家の最寄り駅から家までの道は、偶然出会ってしまったなら一緒に帰っても良し」

「偶然ね」

なんともコントロールが利く偶然である。

「しかし……ってことは電車内では完全に別行動なのか……」

俺が呟《つぶや》くと、寧々花《ねねか》が俺の顔を覗《のぞ》き込んできた。

「どうしたの？　何か不安？」

「うん。別々の車両に乗らなきゃいけなくなると、寧々花が痴漢に狙われても、助けられないんじゃないかと……」

「え!?　だ、大丈夫だよ！　痴漢なんて遭ったことないし！　もし何かあったとしたら、大貴に助けてってすぐにメッセージ送るから……」

「本当に？」

「うん！　ルールその三！　妹のピンチには、おにぃちゃんが駆けつけて良し！」

「あくまでも義理の兄として助けに行くってことだな。了解」

「うん……もし周囲にどちらかバラさなくちゃいけなくなった時は、恋人であることよりも兄妹であることからバラしたほうがいいんじゃないかと思って……。まぁでも、たぶんないと思うけどね。心配してくれてありがとう」

寧々花がとても柔らかな表情をしていて、ちょっと照れ臭くなった。

同じ家に住むようになり、俺は寧々花のいろんな姿を見られるようになった。そして俺は、ますます寧々花を可愛《かわい》いと思うようになっていた。

寧々花に悪さする不届き者が現れたら、俺は容赦しない。

義理の兄としても、彼氏としても、俺は必ず寧々花を守る。

そう、心に誓っていた。


滞りなく学校が終わり、夕方になった。

今日は委員会の仕事がない。部活にも入っていない俺たちは今朝決めたルール通り、一緒に駅に向かってから駅で別行動し、別々の車両に乗り込んだ。

一人で家の最寄り駅に着いた俺は、そのまま近所のスーパーに買い出しに行った。今日学校にいる間に、俺は寧々花とメッセージのやり取りをして、寧々花から食料品の買い物リストをもらってある。

近所の人には、俺たちが義理の兄妹であることがそのうち浸透していくだろう。しかし、いきなり俺が同じ高校の制服を着た女子と一緒に食料を買っていたら、通りすがりのマダムたちにどんな想像をされるか分からない。

目立つことが好きじゃない俺は、一人で買い物に行くと寧々花に申し出た。ここでの暮らしが長い俺のほうが買い物に慣れているし、寧々花に一人で重い荷物を持たせるわけにはいかないからだ。

代わりに寧々花には先に家に帰ってもらって、家の掃除と片付けをお願いしておいた。

「――ただいま」

「おかえり～」

俺が買い物袋を下げて帰宅すると、寧々花が買い物袋を受け取りに玄関まで来てくれた。

「重かったでしょ？　大丈夫？」

「全然平気。でも、今まで二人分しか買ってなかったからさ、四人分になると、こんなにたくさん買わなきゃいけないんだなって驚いた」

「あ、ごめん……大貴《たいき》がどれだけ食べるか分からなくて、多めに買ってきてもらったんだ。多分、お父さんより食べると思ったから」

「おぉ！　それはめちゃくちゃ助かる！　寧々花の作った料理なら、すげーいっぱい食べたいから」

「下ごしらえ、手伝ってもらえる？」

「もちろん」

俺は寧々花と一緒に台所に立って、晩ご飯の準備をした。

今日のメインは、ピーマンの肉詰め。テキパキと肉ダネを用意してピーマンに詰めていく寧々花の隣で、俺はキャベツを千切りにしていた。

「大貴、包丁使うの上手だね」

「そう？　母さんに鍛えられたからかな？　俺は料理なんて興味ないし、母さんの帰りが遅いならレトルトで充分だったんだけど、母さんが『自分で作れるようになりなさい！』って厳しく教えてきたからさ……」

「私は全部独学だから、大貴が羨ましいよ。うちはお父さんの料理センスが壊滅的でね、これは私が何とかしなくちゃいけないって使命感で頑張ってきたんだから」

「じゃあ寧々花は料理の才能があるんだね。昨日寧々花が作ってくれたシチューもすごく美味《おい》しかったし」

「うん……ありがとう」

俺が昨日食べたシチューの味を思い出していると、寧々花がふふっと笑った。

それから肉詰めされたピーマンを焼いて、寧々花がささっと美味しそうな卵スープを作って、夕食の準備はでき上がり。

時刻はもうすぐ十九時。そろそろ母さんや寧々花のお父さんが帰ってくる時間だ。

盛り付けの準備とテーブルの準備をしていた時、玄関のほうから誰かの話し声が聞こえてきた。

「あ、帰ってきたかな？」

と、寧々花が反応する。

しかしすぐに、不安そうな顔をした。

「あれ？　なんか、喧嘩《けんか》してる感じがしない？」

「え？」

――まさか、母さんと寧々花のお父さんが喧嘩している？

玄関からリビングへ、男性と女性の言い争う声が近づいてくる。

一人は間違いなく、寧々花のお父さん。だが、女性の声は母さんのものじゃないような……。

その時、リビングのドアが勢いよく開き、寧々花のお父さんと一緒にいた人物が姿を現した。

「――再婚に異議はない！　しかし、年頃の男女をひとつ屋根の下に住まわせるとは何事か!!　寧々花に何かあったらどうする!?」

そう怒鳴りながらリビングに入ってきたのは、和服姿のお婆《ばあ》さん。

入ってくるなり目が合い、鋭い目で睨《にら》まれた。

「お前か！　寧々花と同居して鼻の下を伸ばしているという不届き者は！」

「はい!?」

今朝、不届き者から寧々花を守ると心に誓ったばかりなのに、まさか俺が不届き者扱いされるとは思わなかった。ていうか、俺が一体何をしたというのか。

困惑して固まっていると、寧々花のお父さんが謎のお婆さんに言った。

「母さん落ち着いて！　大貴くんはそんな子じゃないから！」

そして寧々花も援護する。

「お祖母《ばあ》ちゃん！　おにぃちゃんは、私の義理のお兄さんなんだよ」

どうやらいきなり現れたこのお婆さんは、寧々花の祖母にあたる人らしい。

寧々花のお父さんが、申し訳なさそうに俺に言った。

「いきなりごめんね……大貴くん。再婚して同居した家族に寧々花の同級生がいるって言ったら、心配して沖縄から飛んで来たみたいなんだ……。母さんは寧々花を溺愛してて、寧々花のことになると本当に心配性でさ……」

するとお祖母さんがカッと目を見開いて、寧々花のお父さんに怒鳴った。

「心配性ではない！　お前が抜けているから言いに来たんだ！　高校男児なんてみんな獣だ！　そんなことも分からんのか!?」

「獣って……さすがに母さん、失礼だぞ」

「亮介《りようすけ》だってそんな時期があっただろう！　自分のことも忘れたか？」

「へ!?　な、なんてこと言うんだよ!?　そんな時期ないから!!」

寧々花のお父さんが必死に否定している。相当慌てている様子で逆にちょっと怪しかった。

「とにかく、私は寧々花がそやつと同居するのに反対だ！　聞き入れぬと言うのなら、寧々花を連れて帰る！」

お祖母さんの厳しい声が、リビングに響く。

これには寧々花も驚いて固まっていた。

──寧々花と俺が一緒に暮らすのに反対だからって、寧々花を連れて帰るだと!?

孫を溺愛する祖母にいきなり敵認定され、俺は冷や汗をかいていた。


寧々花のお祖母さんが突撃して来てから、約一時間後。

俺たちはひとまず晩ご飯を食べていた。……もちろんお祖母さんも一緒に、である。

──こんな日に限って、母さんは帰りが遅くなるって言うし……。俺は一体どうしたらいいんだよ……？

寧々花のお祖母さんは寧々花の作った料理を絶賛しており、機嫌を取り戻したようにも見える。

「寧々花は料理の天才だね〜。きっといいお嫁さんになるだろう。このキャベツの千切りなんて特に、プロみたいだよ」

「その千切りは……おにぃちゃんが手伝ってくれたんだよ？」

寧々花の言葉を聞いて、ニコニコしていたお祖母さんの顔から、スッと笑みが消えた。

「ふん！　これならその辺の雑草を食べたほうがマシだね！」

強烈な手のひら返し。

あまりに華麗な裏返りっぷりに、俺は苦笑するしかない。

だが寧々花は笑っていなかった。

「お祖母ちゃん！　そんな言い方しないでよ！　おにぃちゃんは一生懸命手伝ってくれたんだよ！」

ついに寧々花の怒りが爆発。

これには、お祖母さんの顔がショックとばかりに歪《ゆが》んだ。

「寧々花……私はね、寧々花が心配なんだよ。キャベツの千切りが上手《うま》い男にロクな奴《やつ》はいない！　きっと女も千人斬りにしようとしているに決まっているからね！」

「してませんけどぉ!?」

寧々花とお祖母さんの会話に横入りする気はなかったのだが、あんまりなことを言うから聞き流せなかった。

キャベツの千切りと千人斬りに何か関係があるなんて、聞いたこともない。

「寧々花！　悪いことは言わないから、ばぁばと一緒に帰ろう！　ここにいたら危険だ！」

「イヤだよ。そうすると、高校も転校しなくちゃいけなくなるんだよ!?　高校三年の今の時期に転校なんて絶対に無理！　それに、おにぃちゃんは絶対に私に変なことしたりなんてしないもん！」

「一昨日から一緒に住み始めたばかりで、そんなことが分かるものか！　今は紳士の皮を被《かぶ》っていても、絶対にいつか正体を現すぞ！　喰《く》われてからじゃ遅いんだよ!?」

「おにぃちゃんは、絶対にヒドイことしないってば！　ねぇ、おにぃちゃん！」

寧々花《ねねか》に話を振られて、すかさず返事をする。

「はい！　絶対にしません！」

「本当か？　もう既に、寧々花の風呂を覗《のぞ》いたのではないのか!?」

「覗いてません！」

大丈夫だ。嘘《うそ》は言っていない。

……どちらかと言うと、俺は覗かれたほうだし。

しかし、お祖母さんのせいで同居初日の事件を思い出してしまい、ちょっと顔が熱くなる。

するとすかさずお祖母さんが言った。

「想像したな？　寧々花の裸を」

「へ？」

「顔の赤みが増したぞ。破廉恥なことを想像したな？」

「し、してません!」

――なんと……このお祖母さん……侮れない。

ちょっとあの時の光景を思い出しただけで、顔には出ていなかったはずだ。それなのに、俺が何を思い浮かべたのかを察したというのか。

俺は気を引き締めるために、ぐっと唇を引き結んだ。

お祖母さんは俺の動揺を見逃さない。油断すれば、心の中を見透かされてしまいそうだ。

「ふふん……青二才が。上っ面だけ紳士ぶっても無駄だ。お前からは盛りのついた獣の臭いしかしないからな!」

お祖母さんが挑発的に笑う。

俺は思わずムッとする。そして寧々花のお父さんも、お祖母さんに苦言を呈した。

「いやいや、偏見にも程があるだろう? これ以上、大貴くんに失礼なことを言うのはやめてくれ」

「私は寧々花が心配なんだ! 大事な寧々花が傷ものにされたらどうする!?」

「大貴くんを疑わないでくれ! 大貴くんも、俺にとっては大事な家族なんだ!」

寧々花のお父さんの言葉に、胸がじーんとした。

家族。その響きが嬉《うれ》しかった。

年頃の娘と同級生の男子を同居させることに、寧々花のお父さんだって悩んだはずだ。

でも、寧々花のお父さんは、俺を信じると決めてくれた。

きっと、母さんから俺のことについてたくさん聞かされただろう。いろいろな情報から判断して、俺が信用に足る人間か判断したはずだ。その信頼できる気持ちがなければ、寧々花に俺のことを伝えないまま、同居しようとは思わなかったんじゃないだろうか。

もちろん、俺のことを信じてくれたのは寧々花のお父さんだけじゃない。

まず、俺の母さんが俺のことを信じてくれたに違いない。同級生と同居しても、俺が道を踏み外した行いをしないって……。

――俺を信じてくれる両親のためにも、お祖母さんにこれ以上好き勝手なことは言わせておけない。俺が寧々花にとって安全な存在であることを証明して、同居を許してもらわなくちゃ！

俺は意を決して、お祖母さんに言った。

「じゃあ、どうすれば俺が安全な存在だと分かってくれますか？」

「ん？」

お祖母さんの鷹《たか》のような目が、俺を射抜くように見る。

しかし、俺も負けじとお祖母さんを見据えた。

「俺たちはまだ家族になったばかりです。そして、母さんと寧々花のお父さんは、今とても幸せそうなんです。俺は、両親の幸せを応援したい。そう思って、寧々花とも仲良くしようと努力してきました」

お祖母さんは俺が喋《しゃべ》るのを、瞬《まばた》きもせずに見ている。

緊張して、喉が渇くのを感じた。

「俺のせいで寧々花が別居することになったら、寧々花のお父さんも俺の母さんも寂しく思うはずです！　俺は両親にそんな想《おも》いをさせたくない！　みんなで一緒に暮らしたいんです！　どうしたら……寧々花と俺が同居するのを認めてくれますか？」

お祖母さんは何も言わない。何も言わずに、俺をただ見ている。

寧々花も、寧々花のお父さんも、お祖母さんが何と言うのか、固唾をのんで見守っている。

しばらく食卓が静寂に包まれる。

しんとした部屋で、お祖母さんはゆっくりとお茶を飲んだ。

そして、口元をハンカチで拭ってから俺を見た。

「なら、お前の鉄の理性を見せてもらおうか。お前が寧々花に一切危害を加える可能性がないと分かれば、私は大人しく一人で帰る」

「それは……どうやってお見せすればよろしいんでしょうか？」

寧々花の前で理性的に行動できる自信はあるが、鉄の理性を見せろと言われてどうすればいいのか。

パカッと胸のあたりの扉を開けて「これが俺の鉄の理性だぁ！」と、俺の鉛色の理性を見せられればいいのだが、そんな簡単な話にはならない。

俺が困惑していると、お祖母さんはふんと鼻を鳴らして席を立った。

「お前の部屋に案内しなさい」

お祖母さんに言われて、俺も席を立つ。俺の隣で、寧々花が不安そうに俺のことを見ていた。

「お祖母ちゃん、私も一緒に行っていい？」

我慢ならなくなったのか、寧々花がお祖母さんにそう言いながら立ち上がる。

しかしお祖母さんは、簡単に頷《うなず》かなかった。

「寧々花はここでお父さんと待っていなさい。危ないから」

「イヤだ！　私も行く！　おにぃちゃんがそんなに危ない存在だって言うなら、私にその証拠を見せてよ！」

「寧々花……」

「私は、おにぃちゃんを信じられる。だからお祖母ちゃんにも、おにぃちゃんが優しくてしっかりしてる人だって分かってほしい！」

寧々花の真剣な目を見て、お祖母さんは根負けしたようだ。

渋々と頷いて、寧々花に同行を許可した。

「分かった……じゃあ一緒に来なさい」

「うん……！」

こうして俺と寧々花、そして寧々花のお祖母《ばあ》さんで俺の部屋に集まることになった。

俺は寧々花のお祖母さんと寧々花を連れて、二階の自分の部屋の前にやってきた。

「ここが俺の部屋です」

俺の言葉を聞いて、お祖母さんがドアを開けた。

そしてお祖母さんは俺の部屋に入るなり、俺の部屋を隅々までジロジロと眺め始めた。

「目につくところに、いかがわしいものはないようだな……」

――いや、当たり前でしょうが。

お祖母さんの呟《つぶや》きに対して、思わず心の中でツッコむ。

今まで母さんと二人暮らしだったが、母さんは俺に対してデリカシーゼロ。部屋の掃除に入ったついでに、俺の秘蔵の刺激的なマンガ雑誌をうっかり見つければ、勉強机の上に並べておくという非人道的なことをする。

気づいても気づかないフリをするのが優しさだと思うのだが、なぜわざわざ綺麗《きれい》にナンバー順に並べるのか。中まで見て『私の息子はこういうのが趣味なのね……ふむふむ』って考えている母さんがリアルに想像できて、恥ずかしくて心が死んだ。

あれから二度と同じ過ちを繰り返さないように、保管場所は徹底的にカモフラージュしてある。

「それより、どうやって俺の鉄の理性を試すつもりですか？」

聞くと、お祖母さんは自分の鞄《かばん》から何かを取り出し、俺の目の前に突きつけた。

「これでお前の理性を試そうと思う」

「はい？」

お祖母さんが突きつけて来たのは、水着姿のグラビアアイドルが悩ましげなポーズで表紙を飾っている雑誌だった。

「お前が本当に鉄の理性を持っているのなら、これを見ても何も思わずにいられるはずだが……？」

ドヤ顔で俺の変化を待つお祖母さんだが、俺はいたって冷静だった。

――この状況下で、さらにはこの勢いでセクシーなお姉さんの写真を見せられて、気持ちの昂《たか》ぶりを感じられる男のほうが少ないと思うけど……。

雑誌を突きつけられている以上、視線をズラしても何か言われそうだ。俺は適当に雑誌を眺め、そして考えた。

――本当にこれで俺の理性を試せると思ったのかな……？　それよりもまず、俺を試すためにわざわざこれを買ってきたのか……？

表紙を飾っているグラビアアイドルと寧々花の雰囲気が似ているのは、偶然か。それとも寧々花に似ているグラビアアイドルを選んだのか。

コンビニの成人向け雑誌コーナーで、一生懸命雑誌を選んでいるお祖母さんを想像したら、思わず笑いそうになってしまった。

危ない危ない……。今、顔がニヤけているところを見せたら誤解されてしまう。

こみ上げてきた笑いを噛《か》み殺して、俺はポーカーフェイスを続ける。

「——ふむ。このぐらいで動じない精神力は、持ち合わせているようだな」

お祖母さんの言葉に、俺は「当然です」と応じる。

するとお祖母さんは、面白くなさそうに鼻にシワを寄せた。

俺の勝ちだろうか。

「これでもう分かってもらえましたね？　俺が寧々花にとって安全な存在だということが」

俺は真面目な顔でお祖母さんに問う。

そもそもこんなテストで俺が理性的な人間であるという証拠になるのか甚だ疑問だが、本人がこれでテストしてきた以上、これで納得してもらえるならそれでいい。

ところが、お祖母さんはまだ納得しなかった。

「まだまだ……今のは、ほんの序の口。本番はここからだ」

お祖母さんは寧々花《ねねか》に近づき、寧々花の隣に立つ。

何をする気か。

俺と寧々花にも緊張が走る。

そして、俺と寧々花がお祖母さんをじっと見守る中……。

「——さて、これはどうかな？」

……と言って、突然お祖母さんは、寧々花の制服のスカートをガバッと捲《まく》った。

大胆に捲ったせいで、寧々花の下着まで俺の目に晒《さら》される。

すぐにスカートがふわっと降りてきてその存在を隠しても、俺の脳裏にはしっかりと寧々花の下着が焼き付いていた。

——桃色ぉ……。

マズイマズイ。俺は今、動じてはいけないのだ。

何を見ても、動揺してはいけない。いろんな感情を片っ端から消していく。

しかしもう俺の平常心は失われていた。

その原因は、寧々花の下着を見てしまったからではない。お祖母さんの予期せぬ大胆な行動に取り乱したのである。

あそこで祖母自ら、大事な孫のスカートを捲るなんて思うか。普通、思わないよな。

寧々花だって思わなかっただろう。当然だが、寧々花の動揺は俺以上だった。

「おおお祖母ちゃん！　ななな何するのよぉぉぉ！」

寧々花の顔は真っ赤。

恥ずかしさのあまり泣きそうになっているのか、目が潤んでいる。

しかしお祖母さんは寧々花に目もくれない。俺が鼻の下を伸ばしていないかチェックするため、俺ばかりを見ている。

「おやおや？　ちょっと動揺したようだな。まさかうちの大事な孫相手に欲情したのではあるまいな？」

俺を見ながら、なぜか勝ち誇った笑みを浮かべるお祖母さん。

その横で、寧々花は半泣き状態。

そんな寧々花の姿を見せられて、俺の中で何かがプチッと切れる音がした。

「さぁもう分かっただろう？　自分の浅ましさが。じゃあ寧々花は私が連れて帰るから
……」

「待ってください」

俺の声は、いつもより冷たくて低かった。

「ん？」

「さっきから勝手なことばかり言われてますがね……それでも誠意を見せていれば分かり

合えると思っていたんですよ？　しかしどうやら、それじゃあ分かってもらえないみたいですね……」

「な、なんだ……？　寧々花のスカートの中を見て様子が変わったぞ……やはりお前は獣!?」

「獣、獣ってそればっかりですね！　いい加減にしてくださいよぉぉぉぉ！」

俺の怒りが爆発。さっきまで我慢していた分、もう止まらない。

圧縮されていた気持ちが、噴き出す。

「俺の様子が変わったのは、お祖母さんがいきなり寧々花を恥ずかしい目に遭わせるからでしょうが!!　俺が信用できる人間か試したい、お祖母さんの気持ちは分かります。でも、そのために寧々花を利用するのはおかしいでしょう!?　大事な孫のスカート、そんなに簡単に捲るんじゃなぁぁぁぁぁい!!」

俺のガチギレに、お祖母さんはポカンとする。

俺がこんなに怒ると思ってなかったのだろう。いや俺だって、ここまで怒りたくなかったのだが……。

言いたいことを全部言って、ふぅと息をついても、お祖母さんはまだ固まっている。

口を半開きにしたまま固まってしまったお祖母さんが心配になって、俺はちょっと焦った。

ヤバイ。言い過ぎたかもしれない。

申し訳なくて、恐る恐る声をかける。

「あの……いきなり大きな声出してごめんなさい……ちょっと、言い過ぎたかもしれません……大丈夫ですか……？」

俺はあまり自分の祖父母と交流がないから、ご高齢の方の扱いがよく分からない。よく分からないけれど、心臓に負担がかかって具合が悪くなったらどうしようと心配になってきて、あたふたした。

と、その時……お祖母さんがボソッと呟いた。

「兄……か」

「はい？」

「……兄妹になってまだ三日目だというのに、お前には既に兄心が芽生えているというのか……？」

「ん？　んん？」

呆然《ぼうぜん》と呟くお祖母さんの言葉がうまく理解できず、俺は首を傾《かし》げた。

するとしばらくボーッとしていたお祖母さんが、俺に向かって頭を下げた。

「すまなかった……」

「え？」

「私を怒る姿は、まさしく妹を守ろうとする兄の姿だった。そんなお前が……いや、大貴《たいき》と言ったかな？　大貴くんが寧々花を傷つけるなどあるだろうか……」


お祖母さんはハンカチを取り出し、自分の目元を拭った。

「見事だったよ、大貴くん。その鉄の理性、兄としての誇り、疑った自分が情けない。大貴くんなら大丈夫だ。大貴くんを信じよう」

初めて、お祖母さんから優しい目を向けられた。

穏やかに微笑《ほほえ》んだ顔は、寧々花にそっくりだ。

「あ、ありがとうございます！」

分かってもらえてホッとした気持ちと、これで分かってもらえるのかよという微妙な気持ちが交錯し、俺の顔は半笑い状態。

ところがそんな俺とは違い、寧々花は心から嬉《うれ》しそうだった。

「お祖母ちゃん、分かってくれてありがとう！」

さっきまで半泣きだった寧々花も笑顔になり、もうスカートを捲られたショックは吹き飛んでいるようだ。

何はともあれ、大団円といったところか。

もうお祖母さんは俺を敵視することもないし、俺も安心して寧々花と一緒に暮らせる……。

そう思っていたら、お祖母《ばあ》さんが笑顔で恐ろしいことを言った。

「しかし時が経《た》てばどう変化するか分からないからな。大貴くんよ、大事な孫に何かしたら、お前のいちばん大事なものを失うと覚悟しておきなさい」

ひゅんと、下腹部で愚息が縮み上がる。

お祖母さんは笑っているが、その鷹《たか》のように鋭い目は俺の愚息を牽制《けんせい》していた。

——なんでみんな、俺の大事なものを奪おうとするんだよ!?

母さんといい、お祖母さんといい、何かあったら俺の急所を狙う気だ。

この調子じゃ、手まで出さなくても、付き合ってると分かった時点で何が起こるか分からない。

——俺と寧々花が付き合っていることは、誰にもバレないように、慎重に隠し通さなきゃな……。

同居を認めてもらって安堵《あんど》したが、まったく気が抜けない俺であった。


翌朝。お祖母さんは俺たち家族四人に見送られて、帰宅しようとしていた。

「母さん、気をつけて帰れよ〜。仕事だから送っていけなくてごめんな」

と、寧々花のお父さんが言う。

するとお祖母さんは「平気だよ。大した距離じゃない」と素っ気なく返した。

「寧々花、顔を見られて良かったよ。今度は、ばぁばの家に遊びにおいで」

このお祖母さん、寧々花を見る時だけ、本当に優しい顔をする。

そして寧々花も、優しい笑顔で答える。

「うん。いつかみんなで旅行に行くからね！」

そしてお祖母さんは、俺の母さんに頭を下げた。

「紗菜《さな》さん、亮介《りようすけ》と寧々花をお願いしますね」

「はい、もちろんです」

母さんは昨日、仕事で帰りが遅かったが、帰ってきてからずっとお祖母さんと話をしていたようだ。

玄関で別れの挨拶をするお祖母さんは、とても和やかな雰囲気で……昨日俺を『獣』呼ばわりしたのが嘘《うそ》のようである。あの時の般若《はんにゃ》のようなお祖母さんとは、別人みたいだ。

「じゃあ、私は行くよ」

そのまま笑顔で玄関を出ようとしたお祖母さんが、ふと俺を見た。

「大貴くんも、くれぐれも頼んだよ？」

いや、あの時のお祖母さんと同一人物でした。

俺に釘《くぎ》をさすお祖母さんの背後に、般若が浮かんでいる。顔は笑顔なのに、どうしてそんな器用なことができるのか……。

「はい……分かっています」

精一杯真面目な顔で言うと、お祖母さんは満足げに頷《うなず》いて家を出た。

お祖母さんの姿が見えなくなった後、寧々花と寧々花のお父さんが、お祖母さんのことを話しながら玄関から離れていった。

そのタイミングで、俺はこっそり母さんに聞いた。

「お祖母さんと母さんって、今回が初対面だったの？」

すると、母さんは首をちょっと捻《ひね》った。

「実際に会うのは初めてかしら……。お義母《かあ》さんは沖縄の人だから、仕事休まないと会いに行けなかったのよね。でも母さんたち仕事休めなかったから、テレビ電話で挨拶しただけなのよ」

「その時、俺のことは話さなかったの？」

「話したんだけど……電波が悪くてうまく聞き取れてなかったみたい。今日から同居を始めたって日に亮介さんと電話して、初めて分かったらしいわ。それで慌ててこっちに飛んできたみたい」

「ちゃんと伝えておいてよ……おかげで俺はヒドイ扱いを受けたんだから」

ジト目で見ると、母さんは笑って言った。

「いいじゃない。ちゃんと認めてもらえたんだから。それより学校に行く準備しないと、遅刻するわよ」

「あ、そうだった！」

慌てて歯を磨きに洗面所に向かう。

開けっ放しになっていた洗面所のドアをくぐると、うがいをしている寧々花《ねねか》がいた。

「あ、ごめん……！」

「大丈夫！　今、歯磨き終わったところだから」

口元をタオルで拭きながら、寧々花が笑う。

「じゃあ、俺も歯磨きしようかな」

洗面台に並ぶ歯ブラシは四本。ついこの間まで、ここには俺と母さんの歯ブラシしかなかったのに、不思議な気持ちになる。しかもそのうちの一本は、俺の彼女の歯ブラシ……。

俺はそっと自分の歯ブラシを取って、水に濡《ぬ》らした。

すると、寧々花が「あっ」と声を上げる。

「大貴も歯ブラシ濡らしちゃう派？」

「え？　うん……なんとなく、使う前に洗ってるけど」

「そうなんだ～。良かった～。歯磨き前に歯ブラシを濡らすのは間違ってるって聞いたんだけど、私もつい濡らしちゃうから、大貴と一緒で安心した」

「え？　え？　歯ブラシって濡らしちゃいけないの!?」

「歯ブラシを濡らすと泡立ちやすくなるから、磨く時間が短くなっちゃうみたい。だから、歯ブラシは濡らさないで歯磨き粉をつけるのが正しいんだって。その情報をテレビで知ってから、お父さんがうるさいの。私が歯ブラシ濡らすと、それは間違ってるっていちいち言うから……」

「そうなんだ。でも俺もこのままでいいかな……要はちゃんと綺麗《きれい》になるまで磨けばいいんだろ？」

「そうそう！　そうなんだよね！」

俺が歯磨きを始めた横で、寧々花が壁に寄りかかった体勢でうんうんと頷いている。

「土曜日から一緒に住み始めたけど、大貴のことをもっと知る度に、この人を好きになって良かったな……って思うんだ」

寧々花の言葉に胸が高鳴る。

しかし急に不安になって、俺は洗面所のドアを閉めた。

「どうしたの？」

「……聞かれたらマズイと思って」

「あ、そっか……ごめんね。お祖母ちゃんのこともあるし、やっぱり私たちが付き合ってることがバレたら大変なことになりそうだもんね」

「うん……」

歯磨きを終えた俺は、口をゆすいで、そのまま顔を洗った。横から寧々花がタオルを差し出してくれたから、それで顔を拭く。

「ありがとう、寧々花」

「どういたしまして、おにぃちゃん」

「家にいる時は兄でいるしかないし、その呼び方にも慣れていかないとなぁ」

「そうだよ。一緒にいるために私は妹のフリをするんだから、おにぃちゃんも頑張らないとね」

寧々花がおずおずと俺の手に触れてきた。細くて色の白い指が、俺の指に絡む。

「でも、二人きりでいる時は、彼女のつもりだから……」

恥ずかしそうに俺を見上げる寧々花。

大きな目にじっと見つめられて、ゴクリと俺の喉が鳴った。

「もちろん、分かってるよ……俺だって兄のフリをしていても、心の中ではずっと寧々花の彼氏のつもりだし……」

「うん……」

寧々花は頷きながらも、俺から目を離さない。

――もしや、またしてもチャンスが……!?

寧々花が指を絡めた手をぎゅっと握ると、寧々花もぎゅっと握り返してきた。

これは行くしかないやつだ。

幸い、口の中の状態はパーフェクト。何も恐れることはない。

俺が少し顔を近づけると、寧々花が目を閉じた。

いける。今度こそいける。俺と寧々花の初めての――――。


――ガチャッ。


突然、ドアの開く気配。

俺と寧々花は、近づきすぎた同極の磁石みたいな速度で距離を取った。

ドアを開けたのは……寧々花のお父さんだ。

「あれ？　二人とも、ここにいたのか～」

「はい！　歯磨きのタイミングが被《かぶ》っちゃって!!」

――ギリギリセーフ!!

寧々花のお父さんと笑顔で会話しながら、心臓はバクバクしていた。

「大貴くん、うちの祖母さんがごめんな～。昨日は本当に大変だったよな～」

と、寧々花のお父さんが俺を気遣ってくれる。

「いえいえ全然大丈夫です！　分かってもらえたので良かったです！」

と返しながら、俺は額に浮かんだ変な汗を拭った。

バレたら大変だって言っているそばから、俺たちは何をやっているのか。いつ母さんや寧々花のお父さんが来るか分からない洗面所で、キスしようとするなんて……。

寧々花は赤くなった顔をタオルで半分隠しながら、「早く制服に着替えなくちゃ～」と言ってそそくさと洗面所から出ていく。

「俺もそろそろ着替えなくちゃ。お義父《とう》さん、先に失礼します」

「ははは。大貴《たいき》くんにお義父さんって呼ばれると、なんだか寧々花を嫁に出したような気分になるなぁ」

「え？」

思いがけないことを言われて寧々花のお父さんを見ると、ちょっと寧々花のお父さんが涙ぐんでいるように見えた。

これはまさか……寧々花がお嫁に行った時のことを想像して寂しくなっているのか。

寧々花のお父さんが、自分の目元をそっと指で拭った。

「あぁ……ごめんね、急に。大貴くんの言うお義父さんは、そんな意味じゃないのになぁ」

「そ、そうですよ！　そんな意味じゃないですよ！」

「うん。分かってる分かってる。だから、これからも遠慮せずに呼んでね」

「はい、了解です！」

――おやおや。昨日は俺を信じていると言った寧々花のお父さんだが、俺が寧々花の彼氏だと分かったらすんごく動揺しそうだな……。

寧々花のお父さんに洗面所を譲って、二階への階段を駆け上がりながら、そう思った。


「みんなに俺たちが付き合ってることがバレないように、もっとルールを作ろう！」

家から駅までの道中で、俺は寧々花に提案した。

すると寧々花がふふっと笑う。

「この前、ルールその三まで決めたけど、続きを作るんだね？　私一人でルールなんて言い方して盛り上がってる気がしていたけど、大貴もルール作りに乗り気で嬉《うれ》しいな」

「俺たちの交際がバレるとマズイって、危機感を覚えるようなことばかり起きるからな……。ルールを作って共有しておくのは大事だって思ったんだよ」

「うん。そうだね。それで……どうするの？」

「兄妹としての行動を徹底する部分と、恋人として行動してもいい範囲を決めておくんだ。例えば、誰かに聞かれそうな場所で、寧々花は俺を名前で呼ばないこと。名前を呼んでもいいのは、家に二人しかいない時や、二人で自分たちの部屋にいる時にしよう」

「分かった。ルールその四！　お父さんたちに聞かれそうな場所では『おにぃちゃん』と呼ぶ！」

なんで寧々花の言う『おにぃちゃん』って、こんなに可愛《かわい》いのだろうか。こんな妹が欲しい選手権があったら、優勝間違いなしなんだが。

「あ、そうだ。聞きたかったんだけど……毎晩、大貴の部屋に行ってもいい？」

「え!?　毎晩!?」

「だって、お父さんたちが帰ってきたら、お互いの部屋でしか恋人タイムができないんでしょ？　せっかく一緒に住んでいるんだから、毎日恋人タイムが欲しいと思って……。もちろん、私の部屋に来てもらってもいいけど」

——恋人タイムって表現も可愛いな。

しかし、さすがに毎日俺たちが二人で部屋に籠もっていたら、母さんに怪しまれそうな気がする。

俺はそれを不安に思って、寧々花に言う。

「毎晩だと怪しまれそうだから、二日に一回とか、行き来しない日を作ろう。それから、俺は夜に寧々花の部屋に行かない。寧々花の部屋に行くなら……休日の昼間とかにする」

「なんで夜は来てくれないの？」

「それは……いくら妹の部屋でも、夜に行くのは良くないかなって思って……」

正直に言うと、もっと個人的な理由があった。

夜、寧々花の部屋に行ったら、眠れなくなりそうで怖いのだ。

家にいる寧々花はとにかくいい匂いがする。きっと寧々花の部屋だって、めちゃくちゃいい匂いがするだろう。

めちゃくちゃいい匂いがする部屋で、部屋着の寧々花と二人きり……そんなことになったら、俺の中で闘いが生まれる。

俺の理性VS俺の本能。

俺は冷静と情熱の間で、理性と本能を宥《なだ》めるためにきっとひと苦労する。

「分かった。じゃあ、ルールその五！　大貴の部屋には毎晩行かないようにする。勉強道具持っていけば、うっかり部屋にいるのを見られても、勉強教わりに来たって言い訳ができるかな？」

寧々花は俺の個人的な事情には気づかず、話を進めてくれた。

「いいと思う！　それから夜に俺の部屋に滞在できる時間は、夜十二時までにしよう」

「オッケー。ルールその六！　大貴の部屋にいられるのは、夜の十二時まで。でも私、十一時過ぎると眠くなっちゃうから、その前に部屋に戻るかもしれない。大貴の部屋で寝ちゃったら、大貴が困っちゃうもんね」

俺の部屋で寝てしまう寧々花を想像して、ちょっとドキドキした。

「そして重要なルールその七！　両親の前で恋人同士であることがバレそうな行為は禁止！　気をつけような」

「うん。気をつけようね」

恋人同士であることがバレないように作ったルールだった。

しかしこのルールが、後に寧々花《ねねか》にある気持ちを芽生えさせることになるとは、思いもしなかった。


その日の夜。

仕事が終わって母さんたちは、酒を飲んでいい感じに酔っぱらい始めていた。

お互いに見つめ合って、わざわざ俺たちに聞こえないように耳元で囁《ささや》きあいながら会話している。幸せオーラが漂う食卓は平和でいいものだが、親がハートを振りまきながらイチャイチャしているのを見ていると、俺としては無性にイラッとした。

――早く食べて、早く部屋に戻ろう……。

両親がイチャイチャしている姿を眺めても、何の得にもならない。恋愛ドラマのワンシーンを見ている気分にもなるが、主演が両親じゃ感情移入もできない。

いい歳《とし》した両親より年頃の子どもたちのほうが、節度ある交際をしようとしているなんておかしな話である。

そう思いながらご飯をもりもり食べていると、俺の太腿《ふともも》のあたりに手が伸びてきた。

――ん？　寧々花？

俺の隣に座っている寧々花が、こっそり俺の太腿に触れた。そして、左手の指で俺の太腿を撫《な》でる。

くすぐったい。

いきなり何でこんなイタズラを仕掛けてきたのか分からず、ちょっと焦った。

「何？」

俺は小声で寧々花に聞いた。

すると寧々花は、口を尖《とが》らせて小声で言う。

「羨ましくなってきちゃった……」

「え？」

両親に隠れて、テーブルの下で俺の太腿を撫でる寧々花。

まさか両親のラブラブっぷりに触発されて、俺とイチャイチャしたくなったというのか。

――いやいやいや。落ち着け、寧々花！　両親はともかく、俺たちは堂々とイチャイチャできないんだから。

ダメだよっと言うつもりで、寧々花の手を取って俺の太腿から外す。

しかし寧々花の手はすぐに戻ってきた。

もう一度外す。……が、また戻ってきた。

「こらっ」と言うつもりで寧々花を見ると、寧々花は、ご飯を食べながらニコッと笑った。

どうしてそんなに楽しそうなのか。母さんたちにバレたら、大騒ぎになってしまうだろうに……。

何度も寧々花の手を動かしたが、何度やっても戻ってくる。

俺は諦めて、寧々花にちょっかい出されているとバレないように、ポーカーフェイスでご飯を口に運び続ける。

すると突然、寧々花が言った。

「おにぃちゃん、太腿にご飯落ちたよ」

「え？」

自分の太腿を確認。しかし、そこに米粒はない。

あるのは、寧々花の左手。

その指が、スススッと動く。

——ス、キ。

指の軌道に、文字が見えた。

チラッと見ると、寧々花の可憐《かれん》な微笑《ほほえ》みが俺の胸を高鳴らせた。

——そんな可愛いことされたって、今の時点で俺にはなんの反応も返せないんですけど!?

ちょっと悔しく思いながら、食事に戻る。

寧々花のイタズラを怪しまれないようにするには、俺が平然としているしかないのだ。

そのまま無視しようとしていると、寧々花が俺の太腿をツンツンと突いてきた。

再び、指が動く。

——タ、イ、キ、ハ、?

せっかく人がバレないように頑張っているのに、寧々花は俺に返事を催促する。

母さんたちは自分たちの話に夢中だ。ちょっと俺が動いても怪しまれないか。

俺は意を決して、寧々花のほうに手を伸ばした。

——オレモスキダヨ……って書いてやるか。

母さんたちにバレないよう、視線は料理に向けたまま、テーブルの下でこっそり寧々花に手を伸ばす。

そして……俺の指が寧々花に『オ』の字を書こうとして、太腿をスッと撫でた。

「——ひゃんっ!」

寧々花が悲鳴を上げてビクッと震えた。

これには母さんと寧々花のお父さんも反応して、顔が赤くなっている寧々花に注目する。

寧々花のお父さんが聞いた。

「どうした？　寧々花」

「え、いや、な、何も！　ちょっと、虫が、いたかな〜って！」

寧々花が手を横にブンブン振った。

俺は虫扱いされた手を、そっと自分の膝の上に戻す。

――あっぶねぇ……!!

俺は膝下丈のズボンを穿《は》いていたが、寧々花が穿いていたのは短パン。俺がうっかり触ったのは布のない部分で……思いがけず寧々花の太腿を直《じか》に撫でてしまった。すると俺の触り方がくすぐったかったのか、寧々花は思わず声を出してしまったというわけだ。

「ふふふっ。寧々花ちゃん、子猫みたいな可愛い声だったわね」

「えへへ……そうでしたか？」

母さんが笑う。寧々花も笑って誤魔化している。

――うん。俺も可愛い声だったなと思います……。

二人きりだったら、顔を真っ赤にしている寧々花を見て、ちょっと楽しい気持ちになれたかもしれない。しかし、両親の前でこんな声を上げさせてしまい、罪悪感すら覚えた。

俺は一体ナニをしているんだって感じだ。

母さんたちがいるところでは、恋人っぽい行動は禁止って言ったのに……ルールを作ってから破るまでが早すぎである。

約束を守れない寧々花と、寧々花に乗せられやすい俺。

指先にまだ寧々花の太腿に触れた感触が残っているような気がして、俺はぎゅっと拳を握った。

——めちゃくちゃすべすべだった……。

反省……しているんだが、ちゃんと反省できていない俺もいた。あまり寧々花のことを責められる立場にはなさそうだ。

どうせ触るならもっとちゃんと触りたかったとか、今度彼氏特権で触らせてくださいとお願いするべきだとか、邪《よこしま》な考えが暴れている。

——膝枕とか……してもらったら、めちゃくちゃ気持ちよさそうだな……。

ふとそんなことを考えた時、寧々花のお祖母《ばあ》さんの顔が頭に浮かんだ。

帰ってくれた後で良かったたって、心の底から思った。

第三章

同居から一週間が経《た》った。

俺と寧々花の兄妹のフリは順調で、関係を怪しまれたことは一度もない。

昨日は寧々花のお父さんが、「本当の兄妹みたいに仲がいいなぁ」と笑っていたくらいだ。

きっと俺たちは、親想《おも》いのいい子ども。親の再婚に文句を言わず新しい生活を粛々と受け入れている、理想的な子どもだと思われていることだろう。

――まさか子どもたちが交際中で、親の目を盗んでイチャイチャしようとしているとは、夢にも思っていないだろうな。

今日は土曜日。

俺の母さんと寧々花のお父さんは仕事。母さんは大学病院の看護師で、土曜日も仕事のことが多い。寧々花のお父さんはＩＴ会社に勤めていて基本は土日休だが、たまに休日出勤があるそうだ。

よって現在、家には俺と寧々花しかいない。

つまり……今日は、寧々花と何をしても邪魔が入らない日である。

――もしかしたら、今日は寧々花とキスとかできちゃうんじゃ……？

期待してしまい、ドキドキする。

母さんたちが帰ってくるのは、恐らく夕方。いつもよりは早めの時間だろうけど、寧々花と二人の時間を過ごすには充分すぎるくらいだ。

その間、俺たちは兄妹のフリをしなくていい。寧々花を彼女として扱えるし、寧々花に彼氏として扱ってもらえる。

同居を始めて一週間経って、ようやく訪れた恋人ボーナスタイムだった。

「寧々花～。今日なんだけどさ……」

二人の時間をどう過ごすか相談しようと思って、リビングに行った。が、いない。

寧々花がいたのは、その奥にあるキッチンだった。

「あれ？　何をしてるの？」

俺は、キッチンで忙しそうに料理をしている寧々花に話しかける。

「んふふ。お料理中です」

寧々花は花柄のエプロンをしていた。

大量の食材を下処理し、既に何品か料理を完成させて保存容器に入れている。

まるで、今夜はパーティーとでも言うような量だ。

「そんなに大量の料理、どうするの？」

「冷蔵したり冷凍したりしておくの。休日にまとめて作り置きすれば、平日は電子レンジで温めるだけで、何品か作れちゃうでしょ？　時短にもなるし、節約にもなるし、便利なんだよ」

寧々花《ねねか》の近くには、『最強の作り置きレシピ集』と題した本がある。

パラッと中を開くと、寧々花が貼ったと思われる付箋に指先が触れた。

――どうしよう……俺の義妹が偉すぎるんだけど……。

再婚しても、両親が共働きであることは変わらないし、平日に食事の準備をするのは子どもの役目。その習慣は、再婚前から変わらずに引き継ぐことになっていた。

しかし兄妹ができて、今までやってきたことを一人でしなくても良くなった。その安心感で、俺は余裕を感じていたんだが……。

「この一週間、四人で住んでみて分かったの。大貴《たいき》と一緒に料理を作れるけど、やっぱり学校帰りに食材の買い出しをしてから四人分作るのは大変だなって。できれば買い物の頻度を減らしたいし、作り置きをうまく使って、平日の負担を減らしたいよね。経済的に余裕があるようなら、食料の宅配サービスも検討したいなって思ってて……って、大貴、どうしたの？」

数個の保存容器を冷凍庫にしまった寧々花が、地味に感動して言葉を失っていた俺を見た。

「いや……寧々花って本当にいい奥さんになりそうだなって思って……」

「え？　お、奥さん？」

パッと寧々花の頬が赤く染まる。

「いい奥さんに、なれると思う……？」

おずおずと聞いてくる寧々花が可愛《かわい》い。

「絶対に、いい奥さんになれるよ！」

「本当？　大貴も……私が奥さんだったらいいなって思う？」

恥ずかしそうな寧々花の表情を見て、俺のコンロがチチチチと音を立てた。

おいおい、このまま点火するんじゃねぇぞ俺のコンロよ。

「……思うよ」

寧々花に不審に思われないよう、穏やかに伝える。

「本当？　良かったぁ……」

はにかんで笑う寧々花が可愛い。

寧々花は嬉《うれ》しそうに微笑みながら、するすると人参《にんじん》の皮を剥《む》いていく。

俺は皮を剝かれていく人参からなんとなく目を逸《そ》らし、窓のほうを見た。

なんて澄みきった空だろうか。

爽やかな青空を見て、邪念を浄化する。

今日は母さんたちもいないし、俺のコンロが点火され、火力が一気に強火になっても問題ないのかもしれない。

だが、俺たち家族のために料理を頑張っている寧々花を邪魔したくないと思った。

「俺も何かするかな……」

ボソッと呟《つぶや》くと、寧々花が反応した。

「あ、じゃあ洗濯機回してもらってもいい？　私まだ大貴の家の洗濯機の使い方、ちゃんと分かってなくて……」

「了解」

俺もいいところを見せたくなって、キビキビと洗面所に向かう。

洗濯カゴを見ると、こんもりと服の山ができていた。

――さすが家族四人ともなると、洗濯物が溜《た》まるのが早いな……。

うちには乾燥機付きドラム式洗濯機がある。母と息子二人分の服を洗濯するには、立派すぎるかもしれない。しかし、休日にまとまった量の洗濯物を一気に洗う暮らしには、このサイズがちょうど良かった。乾燥機付きなのも非常に便利である。

洗濯カゴにあるものを、適当に洗濯ネットに入れながら、ポイポイと洗濯機に放り込む。

洗濯ネットを使えというのは母さんの教えだが、正直何をネットに入れたらいいのかはよく分かっていない。ほとんど適当である。

すると、俺の手が何やら綺麗《きれい》なレースに触れた。

——レース素材は、ネットに入れたほうがいいんだよな。

さすがの俺でもそのくらいは覚えた。

俺が一人、ドヤ顔でレース素材のものを引っ張り出すと……そこに現れたのは、桃色のブラジャーだった。

「……」

俺は母子家庭で育った、健全な男子高生。日頃から家事の手伝いをしているおかげで、このブラジャーが母親のブラジャーより明らかにサイズがデカイと一瞬で分かってしまった。

——寧々花のじゃん!!

ブラジャーを片手に持ったまま、動揺する。

早く洗濯機に入れなきゃと思うのに、体が動かない。目が離せない。

——ダメだ……変なことを考える前に、ブラジャーから手を離すんだ！　同居初日に見た寧々花の裸とこのブラジャーを脳内で合成しようとするんじゃない!!　早く……寧々花のブラジャーを洗濯機に……!!

「——大貴？」

「——!?」

驚きすぎて、息ができなくなった。

背後から聞こえた、寧々花の声。

恐る恐る振り向くと、洗面所の入り口に寧々花が立っていた。

眉をハの字にして、俺をじっと見ている。

「オリーブオイルの場所を聞きに来たんだけど……」

俺をじっと見ている寧々花の目は、既に俺の手にある寧々花のブラジャーの存在も捉えているはずだ。

サッと血の気が引いて、冷たい汗が流れた。

「いや……あの……これは……」

「ねぇ……大貴。それは、ダメなんじゃないかな……？」

怒られる。いや、それだけでは済まない。──幻滅される。

そう身構えた時、寧々花が続けて言った。

「それは妹の下着なんだから、サラッと流さなきゃダメなんじゃないかな……？」

「へ？」

怒られなかった。

寧々花の意外な反応に、キョトンとする俺。

そんな俺に、寧々花は平然と近づいてくる。

「同居してるんだもん。これから何度も見る機会があるはずだよ。その度にそんな過剰反応していたら……私を異性として意識してるみたいで、お義母《かあ》さんに怪しまれるよ？　ほら、ルール追加ね。ルールその八！　私の下着は華麗にスルー！」

「そ、そうか……じゃあ、ただの布だと思ってスルー……」

しばらく手に持ったままだった寧々花のブラジャーを、そっと洗濯機の中に移動しようとする………が、なぜか寧々花が俺の手をガッと摑《つか》んで止めた。

「待って!!　手洗いしてとは言わないから、せめてネットに入れて!!」

「り、了解です……！」

慌ててネットに入れてから、洗濯機に放り込む。

さっきまでレース素材のものはネットに入れるって分かっていたはずなのに、慌てすぎてそのやり方すらスルーしそうになってしまった。

危ない危ない……。

ドキドキしている心臓を宥《なだ》めていると、寧々花が洗濯機をじっと見つめながら言った。

「ねぇ、大貴。この洗濯機って、乾燥機付きなんだよね？　乾燥機かける前にさっきのを取り出したりできるの？　乾燥機にかけると、傷むのが早いって聞いたんだけど……」

「あぁ、洗濯終わったら、乾燥かけちゃマズイのだけ外に出すよ。その時に母さんのも、毎回出してたから……」

「そっか……大貴って、本当にちゃんとしてるよね。あ、別にそれは今気づいたわけじゃないんだけど」

寧々花がもじもじしている。やはり、自分の下着を触られたのは恥ずかしかったのかもしれない。

「……洗濯物に勝手に触っちゃってごめん。これからは、触らないようにしようか？」

「ううん！ 大丈夫だよ！ でも基本的に、下着類はネットに入れて自分で洗濯機に入れておくようにするね。それでも遭遇する機会はあるかもしれないけど……私も、大貴はおにぃちゃんだから、見られてもしょうがないと思ってスルーする！」

「おう……分かった」

「あ、それよりオリーブオイルは……？」

「あぁ、えっと、コンロの下の収納棚にあったはず」

「ありがとう。探してみる」

寧々花が洗面所を離れて、俺はホッと息をついた。

一人になると、先程の寧々花のブラジャーに自然と目が向く。既にブラジャーは洗濯ネットに包まれ、姿はほぼ見えない。

妹のブラジャーだと思って、スルーすると決めた。しかし俺には、どうしても気になることがあった。

──サイズが見たい……！　これはしょうがない！　兄だって妹のサイズは気になるから……!!

寧々花の全裸を見た日から、ずっと気になっていた。あのボリュームは、カップ数で言うと何なのかと。

そっと、洗濯機に入れたばかりの洗濯ネットに手を伸ばす。

このネット越しでいい。サイズが見たい……。

洗濯ネットを拾い上げ、ネットを開けずにタグを探そうとしたその時──。

「──おにぃちゃん？」

ビクゥッと俺の体が跳ねた。

「ね、寧々花……？」

振り返った先には、穏やかに微笑《ほほえ》む義妹の姿。否、目は笑っていない。

「何してるの？」

「あぁ……えっと……ね、ネットのファスナーをちゃんと閉めたか気になって……」

「そっか……ならいいんだけど……さすがにジロジロ見られると恥ずかしいから、細かいところまで見るのはやめてほしいな……」

「すみません！　ほんの出来心でして！」

兄失格。

誘惑に負けた情けない姿を見られ、俺は肩を落とした。

結局今日は、料理と洗濯と掃除と片付けをしていたら、夕方になってしまった。

一週間前に四人暮らしになったばかりで、家のあちこちに置き場が定まらないものが点在していた。そこで俺と寧々花《ねねか》は、みんなで使いやすいように洗面所を整理したり、靴箱を整理したり、せっせと整理整頓に励んでいた。

寧々花と相談しながらあれこれ工夫するのは楽しくて時間を忘れるほどだった。

もう家族は親と自分の二人だけじゃない。親が仕事に行ったら、一人でずっと留守番をしている必要もない。

多分そういうのが俺も寧々花も嬉しくて、浮かれていたんだと思う。

そしていつの間にか、今日こそ寧々花とキスするぞと意気込んでいたのも忘れていたのだった。

午後の四時過ぎに、両親が一緒に帰ってきた。先に仕事が終わった母さんが、寧々花のお父さんを会社まで車で迎えに行って、電車通勤の寧々花のお父さんを乗せて帰って来たらしい。

その後、みんなで俺と寧々花が用意したご飯を食べた。

そして俺が先に風呂に入り、次に寧々花が風呂に入った頃……俺は自分の部屋でごろごろしていた。なんとなく、今日は寧々花が部屋に来る気がして、寧々花が風呂から出るのを待っていた。

だが一時間以上経《た》っても、寧々花は部屋に来るどころか、二階に上がってくる気配もなかった。

「寧々花、何をしているのかな……？」

気になって、一階に向かう。

リビングを覗《のぞ》くが、両親しかいない。寧々花はどこにいるのやら。

「大貴《たいき》？　どうしたの？」

俺に気づいた母さんが、寧々花のお父さんの隣から俺に声をかける。その時二人が、ソファーに並んで座ってテレビを観《み》ながら手を繋《つな》いでいるのが見えた。まったく仲良し夫婦め。

「寧々花は？」

俺が聞くと、母さんは空いている手で上を指差した。

「二階の部屋じゃないの？」

「いない感じだったけど」

「あぁ、じゃあまだ洗濯物を畳んでくれているのかも。手伝うって言ったんだけど、お仕事してきたんだからゆっくりしてくださいって言われちゃったのよね。寧々花ちゃん、本当に優しい子だわ」

「そっか……」

両親を気遣える寧々花を、大人だと思う。俺一人だったら、昼間のうちに家事をやったんだから、夜は母さんがやってと言ってしまいそうだ。

——手伝いに行くかな……。

仲睦《むつ》まじい両親の姿を見たら、俺も寧々花と一緒にいたい気分になった。昼間頑張った反動で、俺も寧々花と甘い雰囲気になりたかったのかもしれない。

洗濯物を畳むなら、洗面所にいるだろう。

迷わず洗面所に向かうと、ドアの上方の小さなガラス窓から明かりが確認できた。

きっと中にいる。

俺はノックをしないで入り口のドアを開けた。

——ガチャッ。

「…………」

「…………」

俺と寧々花は無言で見つめ合った。

洗面所にいた寧々花が……なぜか俺の学校用のYシャツを着ていた。

下にルームウェアの短パンを穿《は》いているようだが、Yシャツの裾にほとんど隠れており、一瞬何も穿いていないのかと思って焦った。

いや、下にちゃんと穿いているのが分かっていても、俺を焦らせる要因は他にもいろいろあるんだが。

「何をしているの……？」

俺は戸惑い気味に尋ねた。

「いえ！　これはちょっとした出来心でして!!」

ハッとした寧々花が顔を真っ赤にして、胸の辺りを腕で隠した。

——出来心で俺のYシャツを着ちゃったの？　いや、可愛《かわい》すぎなんですけど……!?

これが噂《うわさ》の彼シャツというものなのか。ダボッとしたシャツをワンピースのように着ている彼女ってどうしてこんなに可愛いのだろうか。自分の体より小さいってことが分かるからか、庇護《ひご》欲をそそられる。

しかもよく見ると、薄いYシャツの下からブラジャーの線が透けているし、胸元には谷間が見えた。

おかしいな。

　さっき庇護欲を感じたばかりだと言うのに、守る気ゼロになりそうなこの気持ちはなんだろう……。

「すぐ脱ぐから……って言いたいところなんだけど、下に自分の服着てなくて……。一回、出てもらえる？」

「了解です」

　素直に寧々花の要望に応じて、洗面所から出た。

　そして、俺は考えた。

　先日、寧々花のお祖母《ばあ》さんに『獣』呼ばわりされて心外だったが、健全な男子高校生というものは、誰しも心に一匹くらい獣を飼っているものだ。そう、一歩間違えば暴れだしてしまうヤンチャな獣を。

　しかし俺たち男子高校生は、何もその獣を野放しにするつもりはない。上手《うま》くご機嫌を取り、宥めて、周りに迷惑をかけないように飼いならそうとしている。

　ところが時に寧々花のように、飼いならした獣をあっさり魔獣化させちゃう女子がいるから大変なのだ。それがまた無意識だから困ってしまう。今だって、不意に彼シャツ姿なんてどえらいもの見せられて、俺の中の獣が舌なめずりしていたぞ。

　俺は寧々花が着替えるのを待っている間、ゆっくりと深呼吸して、精神統一をした。獣を飼うのも楽じゃない。

「着替えたから入ってきていいよ」

声が聞こえて、そっとドアを開ける。

洗面所にいる寧々花は、自分のTシャツを着ていた。

「えっと……もしかして、手伝いにきてくれた？」

「うん……一緒にやったほうが早く終わると思って」

「ありがとう。助かるよ」

乾燥が終わった洗濯物を洗濯機から出して、畳んでからカゴに入れる寧々花。

カゴは四つ。俺、寧々花、母さん、寧々花のお父さんの服を分けてカゴに入れている。

寧々花の隣に立って、俺も洗濯物に手を伸ばす。自分のパジャマのズボンを拾って、ふと寧々花を見た。

寧々花のTシャツに違和感。……縫い目が見えている？

首の後ろを確認すると、案の定、表側にタグがあった。

「あれ？　寧々花……そのTシャツ、裏返しだよ？」

「え!?　嘘《うそ》!?　ヤダ……恥ずかしい……」

自分のTシャツが裏表逆になっていることに気づき、寧々花が顔を真っ赤にする。

俺のYシャツから着替える時に、慌てていたから裏返しになっていることに気づかなかったのだろう。

「もうヤダ……同居してから私、恥ずかしいところばっかり見せてるよね……。幻滅してない？」

寧々花の目はうるうるしている。

嫌われたらどうしようって、心配になっているのが伝わってきた。

それすら全部可愛いと思っている俺が、寧々花を嫌いになるはずなんてないのに。

「幻滅なんてしないよ。俺は寧々花のいろんなところが見られて嬉《うれ》しいと思ってる。兄妹として同居してなかったら、寧々花のこんな姿を見る機会もなかっただろうし、ラッキー」

「ふふっ……それなら、いいけど」

寧々花が嬉しそうに微笑んで、俺にトンと体をぶつけてくる。俺が押し返すと、またぶつかってくる。

しばらくそうやってふざけあっていたら、無性に寧々花が愛《いと》しく思えてきた。

俺はぶつかってきた寧々花を、そのままぎゅっと抱きしめる。

寧々花のシャンプーのいい匂い。薄手のTシャツ越しに、寧々花の温かく柔らかな体を感じる。

「大貴……」

寧々花が俺の名前を呼びながら、ぎゅっと抱きついてきた。

「ちょっと寧々花……ルールは？」

「お父さんたちの前じゃないから、ルール違反じゃないもん。だから少しだけ……」

寧々花がさらにすり寄ってくる。

――あ、マズイ……どうしよう。このまま離したくなくなりそうだ……。

誘惑される。少しだけじゃ足りない。

このまま二人の時間をずっと過ごせたらいいのにと欲が出る……。

「！」

その時、寧々花がパッと体を離した。

「どうしたんだ？」と聞くより先に、俺も状況に気づく。

足音。話し声。

母さんと寧々花のお父さんが近づいてくる……！

俺と寧々花は、瞬時に兄妹モードに切り替わった。

急いで洗濯機から洗濯物を取り、畳み始める。

――ガチャッ。

「寧々花ちゃ～ん。終わった？　昼間も頑張ってくれたから、残りは私がやろうか？」

「父さんも手伝うから心配ないぞー」

洗面所のドアを開けたのは母さん。そのすぐ後ろから寧々花のお父さんが現れる。

その瞬間、寧々花が俺に向かって鋭く言った。

「おにぃちゃん！　もっと洗濯物は丁寧に畳んで！」

「す、すまん!!」

「あらあら大貴……あんたもう寧々花《ねねか》ちゃんにまでズボラなのがバレちゃったの？」

「難しいよなぁ、洗濯物を綺麗《きれい》に畳むのって。僕も寧々花にいつも注意されていてね
……って、寧々花？　そのTシャツ、裏返しなんじゃないか？」

「あ！　こ、これは、えっと……本当だ！　今、気づいた！」

「まったく寧々花はおっちょこちょいだなぁ……」

「あはは……」

結局、みんなでワイワイ言いながら、各自の洗濯物を畳むことになった。

寧々花との恋人タイムを邪魔されて残念だが、悪い気はしない。これはこれで、楽しい、満たされる時間だった。

それにしても寧々花は切り替えが早いし、演技が上手。

瞬時に、『さっきから二人で一生懸命洗濯物を畳んでいました』って空気を出すんだからたいしたものである。

――寧々花のおかげでセーフだな。

危ない橋を渡った気分だが、今日も俺たちの関係がバレることはなかった。

翌日。

家族みんなが休日で家にいる日曜日になるかと思ったが、俺は家に一人だった。

両親は買い物デートに出掛け、寧々花は、

「昨日の夜、急に友達と勉強しようって話になっちゃって」

と言って出かけてしまった。

友達付き合いも大事だと思いつつ、せっかく二人きりになれるチャンスだったのに……と思って寂しくなる。

——格好悪いこと思うんじゃねぇよ……。友達に嫉妬とか、心が狭すぎんだろ、俺。

ウジウジしそうな自分を追い出したくて、洗面所で顔を洗った。それから冷蔵庫から炭酸飲料のペットボトルを取って、二階に上がる。

自分の部屋に入ると、窓を開けてから勉強机に向かった。

受験を来年に控えている上に、寧々花と会えるのは学校だけだった以前とは違う。今の俺たちは兄妹という形で同じ家に住んでいて、寝食を共にする仲だ。

こんなに一緒にいられるようになったのに、もっと一緒にいたいなんて、呆《あき》れるほど欲が深い。

「俺って、重いのかな？」

初めての彼女だから、自分の感情を冷静に分析することができない。誰にも付き合っていることを言わないと決めた以上、気軽に相談できる人もいない。これを気にし始めたら、メンタルがやられるだけの予感がする。

――悩んでいても無駄。そんな暇があるなら、今は目の前の問題に集中するに限る。

俺は数学の参考書を開いて、問題を解き始めた。

年明けには大学入試を受けるのだ。しっかり勉強しておかないと、俺だけ浪人したら寧々花にがっかりされてしまう。今だって寧々花はちゃんと、友達と一緒に勉強を頑張っていて……。

――寧々花、早めに帰ってくるって言ったけど、何時くらいになるのかな……。

壁の時計は、午前十時五十分を示している。

昼飯は食べてくると言っていたから、帰ってくるとしたら午後三時とかだろうか……。

――……って、俺、結局さっきから寧々花のことばっかり考えてて勉強してないじゃんか!!

気がつけば寧々花のことを考えている自分が恨めしくて、俺は盛大な溜《た》め息《いき》をついた。

脱線しないように必死に勉強をし、昼飯にカップラーメンを食べた。そして、眠くなってベッドに転がってゴロゴロしているところで、玄関のドアが開く音がした。

「ただいま～」

――寧々花だ！

寧々花の声を聞くなり、部屋を飛び出す。

階段を駆け下り、一目散に玄関に向かう。

「おかえり！」

玄関まで走ってきた俺を見て、寧々花がふふっと笑った。

「どうしたの……？　飼い主さんが帰ってきて嬉しくて走ってくるワンちゃんみたいだったよ」

寧々花に言われて、顔が熱くなった。

――必死すぎかよ。ダセェ……。

飼い主が帰ってきて嬉しくて走ってくる犬とか、さっきの俺の例えとして完璧すぎる。

「お父さんたちは、もう帰ってきてる？」

と聞きながら、寧々花が家に上がった。

「ううん。まだ帰ってきてないよ」

「そっか……じゃあ、恋人タイムだね」

寧々花の言葉で、先ほどの羞恥心が吹き飛んだ。

寧々花がもじもじしている。

俺もいきなり、二人きりであることを意識してしまって緊張してきた。

寧々花は俺と、恋人としての時間を過ごすつもりで早く帰ってきたのだ。つまり寧々花は……俺と恋人らしいことをしたいと思っている。

俺だって寧々花とこんな雰囲気になりたいと思って、朝からずっと待っていた。なのに、いざそういう空気になると身構えてしまう。

まだ玄関先の廊下なのに、じれったい雰囲気になってしまった。

「そう、だな。母さんたちが帰ってくる前に、二人の時間を満喫しておかないとな」

「うん……今のうちだもんね」

「えっと、何からしたい？」

「うーん……どうしようね？」

今まで寧々花といい雰囲気になった時は、別に自分たちからそういう空気になろうと思っていたわけじゃなかった。ただ自然と、導かれるようにそういう雰囲気になっただけで、こういうのは「さぁ、やろう！」と思ってなれるものじゃないらしい。

「なんか……緊張してきちゃったね」

寧々花が笑って言う。

場の空気を和ませようとして言っているのが伝わってきた。

「だよな……いきなり恋人タイムに切り替えるっていうのはキツかったかも?」

「あ、じゃあワンクッション挟んで、いつも通り兄妹モードから始めようか! ね? おにぃちゃん」

おにぃちゃん……と言いながら、寧々花が俺の腕に抱きついてくる。

可愛《かわい》い妹グランプリで優勝する気かってくらい可愛かった。

「ちょっと妹にしては、お兄さんと距離が近いんじゃないですかね?」

「すみません、おにぃちゃんが大好きなものですから~」

「あんまり可愛いと、お兄さんが困っちゃうと思いますよ」

「ふふっ。どんな風にですか?」

パッチリとした大きな目が俺をじっと見た。キラキラしている。

「お兄さんの……狼《おおかみ》スイッチが入っちゃうと思います」

「狼スイッチ? そのスイッチが入ると、どうなっちゃうんですか?」

「お兄さんが狼になってしまいます」

「おにぃちゃんが狼になったら、どんな感じなんですか?」

小学生くらいの妹のように、無邪気な質問を繰り返す寧々花。

しかし、実際の寧々花は俺と同学年。健全な女子高校生の寧々花なら、質問の答えを想像できているはずだ。分かっていて、敢《あ》えてこんな質問を繰り返す。

そんな小悪魔みたいなことされて、俺の本当の狼スイッチが眠ったままでいられるはずがない。

俺は寧々花の両頬に手を添えた。すると、俺の両手に顔を挟まれた寧々花が照れて下を向いてしまった。俺の両手に挟まれているせいで、寧々花の頬がふにっと歪《ゆが》んでいる。

「こっち向いて」

俺が言うと、寧々花が伏し目がちにおずおずと顔を上げる。

「……そんなに恥ずかしいの？」

「恥ずかしいよ……」

「じゃあ………やめる？」

「え？」

慌てたように寧々花が俺を見てくるものだから、俺は思わず笑ってしまった。

「ちょっと！　からかわないでよ～！」

「ごめんごめん」

「もういいよ。もうしない」

「え？」

寧々花が、ふいっとそっぽを向いてしまった。

しまった……からかいすぎた。

「ごめん……寧々花。悪かったよ」

「……………………………………………………ふふっ」

「え？」

俺が真面目に謝っていたら、寧々花が噴き出した。

どうやら、やり返されたらしい。

「おいおい今のはマジで心配したからなぁ！」

「えへへ。でも、先にやったのは大貴《たいき》だも〜ん」

「そうだけど……」

「……ねぇ、もう、しないの？」

寧々花が俺を見上げる。

「しないの？」と聞かれたけど、早くしてと言われたような気がした。

待たせちゃいけないと思って、グッと寧々花に顔を近づける。

一瞬驚いた顔をした寧々花だが、すぐに目を閉じた。

ようやく、初めてのキスだ。

付き合ってから三ヶ月目。同居して二週間目にして、やっとこの日が――。

「ただいまー！」

──ドンッ。

「ごふっ!!」

一瞬、何が起きたのか分からなかった。

俺は胸部に大きな衝撃を受け、息が詰まり、気が付けば廊下に転がっていた。

「おかえりなさ～い！……早かったですね～」

寧々花《ねねか》が、玄関に入ってきた母さんと寧々花のお父さんに駆け寄る。

そこでようやく状況が摑《つか》めた。

俺たちがキスしようとしている時に、両親が玄関ドアを開けようとした。それに気づいた寧々花が、キス現場を見られないように俺を突き飛ばし、俺は床に倒れたということか。

──さすが寧々花。一瞬前まで俺とキスしようとしていたとは思えない、変わり身の早さだ……。

おそらく寧々花も必死で、力加減ができなかったんだろうけど……なかなかいいものを喰《く》らったぜ。

「美味《おい》しそうなケーキ買っちゃって、悪くなる前に帰ろうと思って……って、あれ？　大貴？　そこで何をしているの？」

母さんが床に転がっている俺を見つけて、声をかけた。

「ナンデモナイデス……」

「何でもないって……何かなきゃこんなところに座ってないでしょ？」

「ホットイテクダサイ……」

体の痛みと心の痛みのせいで、俺の声はロボットのように無機質だった。

義理の兄妹同士でキスしようとしていたところに母さんたちが帰宅し、慌てた義妹に突き飛ばされて廊下に転がっていました、とは言えないし。俺が床と仲良しになっている理由には触れないでもらいたかった。

よいしょと体を起こすと、寧々花が俺のほうを見て、申し訳なさそうな顔をしているのが見えた。

声を出さずに口が動く。

——ご、め、ん、ね。

俺は苦笑しつつ、頷《うなず》いた。

キス現場を見られてしまうよりは、マシだと思わなきゃな。

晩ご飯の時間になった。

今日の晩ご飯は、母さんたちが買って帰ってきたデパートの総菜がメインだ。

それから食後に、母さんたちが買って来たケーキを食す。四人とも、同じ種類のチョコレートショートケーキだ。

有名なパティシエの期間限定出張販売店があったと、寧々花のお父さんが俺に話してくれている時、母さんが寧々花に紙袋を持ってきた。

「そういえばね、今日亮介《りょうすけ》さんと買い物をしていたら、寧々花ちゃんに似合いそうなルームウェアを見つけたのよ～。うちは息子しかいなかったから、女の子の服を選ぶのが夢だったのよね。よかったらもらってくれる？」

「わぁ、お義母《かあ》さん、ありがとうございます！」

「お風呂入る前に渡そうと思っていたんだけど、タイミング合わなくてごめんね」

「いえ！　あとで着てみますね！　私も……お母さんに服を選んでもらっていた記憶がもうほとんどないので、嬉《うれ》しいです」

紙袋を受け取って、寧々花は本当に嬉しそうだった。

「お父さん、素敵な人と再婚できて良かったね。私も幸せだよ。ありがとう」

寧々花にお礼を言われて、寧々花のお父さんが照れたように笑う。

「いやぁ、寧々花にそう言ってもらえると嬉しいな。父さんは、紗菜《さな》さんと出会えて本当に幸運だったと思っているんだ」

「そういえば、お父さんとお義母さんって、どこで出会ったの？」

両親の馴《な》れ初め。それは俺も聞いたことがなかった。

照れたように顔を見合わせる両親。

ワクワクした顔で両親の話を待つ寧々花。

こりゃ話が長くなりそうだと思いながら、俺はちまちまとチョコレートケーキを食べていた。

「えぇと……前に父さんが、過労で体調崩して入院しちゃったのは覚えているかな？」

寧々花のお父さんが聞くと、寧々花は当時のことを思い出したのか、口を尖《とが》らせた。

「覚えてるよ。忘れるはずがないでしょ。職場で倒れたって連絡が来た時には、心臓が止まるかと思ったんだから」

「ごめんなぁ。それで搬送された先が、大貴くんのお母さんの勤めている大学病院でね。入院中に大貴くんのお母さんにお世話になったんだよ」

「それって、母さんが仕事中に患者さんを口説いたってこと？」

寧々花のお父さんに恋した母さんが、私情込みであれこれ献身的に看病する姿を想像して、俺はかなり引いた。

すると、俺の発言を受けて母さんの目が据わる。

「変な想像しないでくれる？　私はあくまで、看護師の仕事しかしてないわよ。まぁ、娘さんがいるっていうのに、自分の体を顧みない働き方をしていたことには、ちょっとお説教させてもらったけどね」

「そうだよ、大貴くん。大貴くんのお母さんは、あくまでも看護師として接してくれたんだ。なのに、好きだ付き合ってくださいと猛アプローチをしてしまったのは僕だよ」

寧々花のお父さんが頭を掻《か》きながらカミングアウト。

これには寧々花が目を輝かせる。

「え!?　お父さんから告白したの!?」

「そうなんだよ。私もこんな歳《とし》だし、年頃の娘もいるのになぁって思ったんだけど、止まらなくてね。それで話をしていくうちに、紗菜さんも配偶者と死別して一人で息子さんを育てているというじゃないか。もう運命を感じてしまって……」

再婚同士にしては、なかなか熱い恋愛だったらしい。

こりゃどうりで、同居してからずっとイチャイチャしているわけだ。

「昨日で一緒に住み始めて一週間経《た》ったけど、まだ一週間しか経ってないのが信じられない。それくらい、この暮らしがしっくり来てる気がするの」

母さんがしみじみとした表情で言った。

「……今まで必死で気づかなかったけど、私も寂しかったのかもね。今、とっても幸せだわ」

「紗菜さん……」

母さんの固く握られた手に、寧々花のお父さんが手を重ねる。

日中にラブラブデートをしてきたはずの両親だが、どうやらまだラブラブし足りないらしい。

「僕には、紗菜さんの前の旦那さんと同じものを与えることはできないけど、僕なりに紗菜さんを支えていくから……もう一人で抱え込まないで」

「亮介さん……」

十数年前に伴侶を亡くし、一人で遺《のこ》された子どもを育ててきた者同士、手を取り合う姿は感動的だ。

しかし、俺はチョコレートケーキを食べながらこう思っていた。

——このイチャイチャは長くなるぞ……。精神衛生上悪影響を受ける前に、そろそろ部屋に逃げたほうが良さそうだな。

この一週間、俺にはずっと考えていたことがある。それは『なぜ、両親がイチャイチャしている姿を見ると無性に腹が立つのか』という疑問についてだ。

最初は、この光景に耐性がないからかと思った。思春期だから、生理的に親のイチャイチャを受け付けられないのかとも思った。

だが今、ふと分かってしまった。

俺は、自分が寧々花と二人の時間を作るのに周りの目を気にして頑張っているのに、両親ばかり自由にイチャイチャしているのが羨ましいんだ。つまり、嫉妬か。

さっさと食卓から離脱しようと、残りのチョコレートケーキを口に押し込む。とその時、テーブルの下で、寧々花が俺の足を爪先でツンツンと突いてきた。

ちらっと寧々花を見やるが、寧々花は澄ました顔でケーキを食べている。

どうやら寧々花も両親を羨ましがっているみたいだ。

寧々花も早く食べ終わったほうがいいぞという想《おも》いを込めて、寧々花の爪先をツンツンし返す。

「亮介さんも、もう一人で頑張りすぎないでね？　今まで一人でずっと頑張ってきたんだから、無理しちゃダメよ？」

「ありがとう、紗菜さん」

見つめ合う両親。

今自分たちと同じ空間に、子どもたちがいるってことを忘れているんじゃないだろうか。

このまま二人の世界に入って、そのうち二人で寝室に消えていくに違いない。

ほっといて自分の部屋に戻ろうと思って牛乳を飲んでいると、不意に母さんが寧々花に話しかけた。

「ところで寧々花ちゃん？　大貴が何か失礼なことしてない？」

「え？」

ここで自分に話を振られると思わなかったのだろう。寧々花が上擦った声を上げた。

「いえ、全然ないですよ～？」

「そうだよ……何かって何をするんだよ？」

いきなり自分たちの話題になり、俺と寧々花に緊張が走る。

「うーん……そうね。よくあるトラブルといえば、お風呂を覗《のぞ》かれたとか？」

「！」

口の中の物を噴きそうになった。

横を見ると、寧々花も口元を手で押さえていた。

俺は冷静を装い、使った食器をまとめてキッチンに運びながら母さんに言った。

「そんなことするわけないだろ。よくあるトラブルって……そんな事件がよくあってたまるかよ」

「そうですよ。おにぃちゃんは、そんな犯罪をするような人じゃないです」

「そうよね～。そもそも大貴《たいき》にそんな度胸があるはずないしね。まぁ、これからも何かあったら、いつでも相談してね？」

「はい！　もちろんです！」

母さんたちには、俺たちの顔はいつも通りに見えただろう。

しかし、内心は汗ダラダラであった。

だって、実はもう同居一日目にお風呂で鉢合わせしていましたなんて、どの面下げて言えばいいのか。

寧々花《ねねか》のお父さんは、俺たちの会話を朗らかな笑みをたたえて聞いている。そして、ややあってから母さんに言った。

「僕も大貴くんを信用しているよ。紗菜さんに似た、聡明《そうめい》で誠実な目を見ていれば分かる」

寧々花のお父さんの甘い言葉に、母さんの表情が蕩《とろ》ける。

「あら～？　私って、そんな目をしていたかしら？」

「しているよ……。ほら、もっとその綺麗《きれい》な目を見せて……」

「良いわよ？　もっと見て……？」

再び見つめ合う両親。

俺たちは一体何を見せつけられているのか。

両親のラブラブオーラから逃げるように、寧々花もキッチンに食器を運んで来た。

「お邪魔にならないようにそろそろ行こうか」

寧々花が苦笑する。

「そうだな」

まったく……子どもたちにこんなに気を遣わせるなんて、困った両親である。

「ごちそうさま～」

「ごちそうさまでした～」

取り敢《あ》えずそれだけ言ってリビングから退却。

俺と寧々花はそれぞれ自分の部屋に戻った。


夜の八時頃。

俺は部屋で、ゴロゴロしながらスマホを眺めていた。

インストールしてあるマンガアプリの新着をチェックし、ＳＮＳを適当に眺め、気になったリンクからネットサーフィンが始まる。

今日は日中に勉強をしたから、夜はのんびりしたい気分だった。それに多分……そろそろ寧々花が部屋に来るはずだ。

寧々花が俺の部屋に来る日は決まっていない。約束をしているわけでもない。だが昨日は結局、洗濯物を畳んだ後に自分の部屋に戻ってしまった。だから今日こそ寧々花が来る予感がして、勝手にソワソワしていた。

そのまましばらくスマホを眺めて過ごしていると、隣の部屋のドアが開く音が聞こえた。

そして、足音が俺の部屋の前で止まる。

コンコンコンとノックの音がして、寧々花の小さな声が聞こえた。

「おにぃちゃん、入ってもいい？」

「どうぞ」

寧々花がそっとドアを開けて、俺の部屋に入ってくる。

……ドキッとした。

寧々花は晩ご飯の時とは違う服を着ていたからだ。

小花模様の膝上丈のワンピース。襟元にはレースがあしらわれ、袖と裾にフリルがついていて、いい家のお嬢様のようだった。

「これ、お義母《かあ》さんにもらったルームウェアなんだ……。こんなに可愛《かわい》いの着るの……初めてなんだけど、どうかな？」

女子高生の部屋着にしては、豪華な印象。初めて女の子の服を選ぶシチュエーションで調子に乗った母さんが、とにかく可愛いやつを選ぼうとしてテンションが上がっていたのが目に浮かぶ。

しかしそんな母さんを痛いな、などとは思わない。

――グッジョブ、母さん……！

俺は内心でガッツポーズをし、偉大なる母さんに感謝の念を送っていた。

完璧に俺好み。母と息子で、寧々花に似合うと思う服のセンスは同じようだ。

「ねぇ……大貴。ぎゅってしてもらってもいい？」

新しいルームウェアを着て、可愛いが極まっている寧々花が言った。

俺をじっと見つめているその立ち姿は、もはや天使。

急にドキドキが加速する。

「いきなりどうしたの？」

「だって、お父さんたちがラブラブしてるの見ていたら……私も、大貴とラブラブしたくなっちゃったんだもん……」

「ちょ、ちょっと待って。部屋に入るなり、いきなりそんな可愛いこと言われると心の準備が……」

新しいルームウェアのせいで、寧々花の魅力度が跳ね上がっている。

可愛さの攻撃力が高い。うかつに触れたら魂が天に召される可能性がありそうだ。

直視するのも気恥ずかしくて、俺は思わず寧々花から目を逸《そ》らしてしまった。

しかし寧々花は引かない。引かないどころかぐいぐい来る。

「そんなに慌てることないでしょ？　私たちはもう二ヶ月も前から、付き合ってるんだし……」

母さんたちのイチャイチャを見せつけられていた影響だろうか。寧々花がいつになく積極的だ。

もしや両親のイチャイチャは、思春期の子どもにとって毒なのか。

イケない影響を与えてしまうものなのか。

「それで……ぎゅってしてくれないの……？」

寧々花の可愛さに気圧《けお》されて何もできずにいたら、寧々花がついに拗《す》ねた顔になってしまった。わずかに尖《とが》った唇も可愛い。

「も、もちろんする、けど……」

「するけど？」

寧々花がじれったく感じる気持ちも分かるんだが、本当に寧々花が可愛すぎて手を伸ばしにくいのだ。なかなか心の準備ができない。

「それより、ちょっと英語のことで聞きたいところがあるんだけど、いい？　明日、当てられそうなのに日本語訳が上手《うま》くできないところがあってさ」

一旦別なことをして、寧々花のこの姿に見慣れるための時間を稼ごうとした。

が、寧々花は納得していない顔。

「そんなのあとでいいじゃない」

そして、とんでもないことを言い出した。

「あ……もしかして、ぎゅっとできないのは、服のせい？　じゃあ、脱いじゃおうか」

「え……!?」

寧々花がワンピースの裾に隠れていた、同じ柄の短パンを脱ぎ捨てる。

本当に脱ごうとしている気配を感じて、焦りで汗が噴き出した。

「ぬ、脱ぐの⁉」

「大きな声出しちゃダメだよ……。いいでしょ？　私たち……付き合ってるんだもん」

寧々花が囁《ささや》くような小さな声で言う。そして……一気にワンピースを脱いだ。

──見ちゃダメだ！

俺は慌てて目を手で覆って、小声で寧々花に訴える。

「で、でも!!　俺たちまだ付き合って二ヶ月しか経《た》ってないし!!　お互いに裸を見た仲だけど、キスだってまだしてないし……!!」

二人で大人の階段を上るにはまだ早いと思っていた。

でもそうか、そういうタイミングはいきなりやってくるものなんだっけ。

──物事にはタイミングってものがあって、俺と寧々花の関係が進むのに相応《ふさわ》しい時っていうのがあるはずなのだ。そしてその時になったら、『今がその時！』って天啓を得るんだよ。多分。

……って前に自分で思ったような気がする。

急展開で、動揺を隠せない。

まさか今日がそのタイミングの日だなんて、予想外だった。

でも、今日がその日だというのなら、俺は——男になるしかない!?

「——じゃじゃ～ん！」

「ん？」

いきなり寧々花の声が明るく元気になった。さっきまでの雰囲気とは全然違うものを感じて、顔を覆っていた手を外す。

すると……そこには白いビキニ姿の寧々花がいた。

「なっ!?」


——水着!?


百合《ゆり》の花のような装飾がついていて、白一色なのに華やかな水着だ。

いや、華やかに見えるのは、寧々花のプロポーションのせいだろうか。

眩《まぶ》しい。

さっきのルームウェア姿よりも、数百倍眩しい。

「ふふっ。ビックリした？　実は新しいルームウェアを見せに来たと見せかけて、水着を見せに来たのでした～！　これね、去年の夏の終わりの頃にバーゲンで買った水着で、ずっと存在すら忘れていたんだけど、引っ越しの準備の時に見つけて思い出したんだ～。

今年は大貴《たいき》と、これ着てプール行けたらいいなって思っているんだけど……どうかな？」

夏を感じるくらい光弾《はじ》ける笑みを浮かべながら、寧々花がくるくると回る。

俺を驚かすことができて、実に満足げ。

俺に水着を見せびらかして、得意げ……なんだが。

――目のやり場がねぇよ……。

本人は水着を着ているから何も恥ずかしくないつもりなんだろうけど、俺は寧々花の肌色面積の多さに戸惑っていた。

特に胸の辺り。

お風呂でバッタリ会ってしまった時も、洗面所でブラジャーを触ってしまった時も思ったが……存在感が凄《すご》い。

学校の男友達が『鳥井《とりい》さんって、デカそうだよな』と言っていた時は、そんな目で見んじゃねぇよって私情も込めて『別に普通じゃね？』と返していた。そう言う俺もそんな気がしていたんだが……実際に目の当たりにすると、やはりなかなかのボリュームで。

「……似合わない？」

寧々花のしゅんとした声がして、ハッとして我に返った。

寧々花から、いつの間にか先ほどのような明るい表情が消えていた。

「もし似合ってなかったら、買い直すよ。受験生だしそもそもプール行ってる暇ないっていうなら、また来年とか行けたらいいね～って話でいいし……」

そこで俺は、寧々花《ねねか》の水着姿を見てから一言も発していなかったことに気づいた。

「ごめん！　すごく似合ってる！　何も言えなくなっていたのは、すごく似合ってるから、驚いて言葉が出なかっただけなんだ！　それでその……受験生にも、たまには息抜きが大事だと思うから……今年、一緒にプールに行こうよ」

遅ればせながら、寧々花に水着の感想を伝える。

すると寧々花は「えへへ……良かったぁ」と安心したように笑った。

「似合わなすぎて、反応に困ってるのかと思った」

「そんなことないよ！　いきなり部屋着脱いで水着になる展開についていけなくて、ちょっと頭の回転が悪くなっていただけ……。すごく可愛い。本当に、可愛い」

「じゃあ……ぎゅってしてくれる？」

寧々花が恥ずかしそうに頬を染めながら、両手を広げた。

――そういえば、寧々花の目的は最初からこれだった!?

初志貫徹している寧々花に感心しつつ、いや、さっきより難易度上がっているんですけどとツッコミたくなる。

しかし俺も男だ……二度も引き下がるわけにはいかない。

「いいけど……こんなところを母さんたちに見られたら、言い訳できないよ？」

「妹が兄に水着を見せるのは、良くあることじゃない？」

「でも、水着の妹を抱きしめる兄はいないと思うよ……？」

「そうだね……イケナイおにぃちゃんになっちゃうね」

やるしかない。俺は今から、水着の寧々花を抱きしめる……！

そーっと寧々花の体に手を伸ばし、寧々花を抱きしめる準備をする。

きっといろいろなところを触ってしまうし、いろいろなところが俺と密着するだろう。

でも問題ない。俺と寧々花は恋人同士。何も問題はない――。


――コンコンコン。


寧々花の体がビクッと震え、俺もギョッとして寧々花から手を引いた。

「大貴～？　起きてる～？」

母さんだ。

俺と寧々花の表情が変わる。

――嘘《うそ》だろ。なんでこのタイミングで!?

食後の両親の様子からして、あとは二人で一晩中ラブラブしているものだと思った。だから、俺の部屋を訪ねてくることなんてないと思っていたのに……。

部屋の中には脱ぎ捨てられた寧々花の部屋着と、水着姿の寧々花。

ドアの向こうには、デリカシーゼロな俺の母さん。

いつドアを開けられるか分からない。その緊張で、顔が強張《こわば》る。

「大貴？　寝てるの？」

「ね、寝てないけどちょっと待って！」

寝ているのか確認するためにドアを開けられそうな気配がして、思わず叫ぶ。

「起きてるの？　なら、ちょっと入ってもいい？」

「ダメ！　待って！　取り敢《あ》えず、ドア開けないで用件をどうぞ！」

「スマホに変なメールが来てるのよー。ちょっと見てくれない」

「ちょぉぉっと待ってて!!」

今、ドアを開けられたら終わりだ。

水着姿の寧々花が俺の部屋にいるところを見られて、言い逃れはできない。

一応制止をしたが、母さんが俺の言葉を守るかどうかは別の問題。ドアを開けずに会話をできる可能性は、母さんの場合はほぼゼロ。

――寧々花を隠さないと！

すぐさま床に落ちていた寧々花のルームウェアを拾い、ベッドと布団の間に押し込む。

そして俺もベッドに入ると、寧々花に手招きした。

寧々花はすぐに俺の考えを察し、ベッドに上がって布団に潜り込む。

「ね～え？　早く見てくれない？　入るわよ～」

俺が寧々花を布団に隠し終えたのと、痺《しび》れを切らした母さんが部屋に入ってきたのは、ほぼ同時だった。


――結局、許可が出る前に部屋に入りやがったな……。

想像通りのマイペースさに、イラっとする。

そしてマイペースな母さんは、ベッドで布団をかけて寝ている俺を見て眉をひそめた。

「……ベッドでゴロゴロしながら、なんで人を待たせる必要があったのよ？」

「そ、そりゃいろいろと事情があるんだよ!!」

横向きに寝ている俺の腹の前で、水着の寧々花が息を潜めている。

身を寄せてじっとしている寧々花の熱が籠もり、布団の中が暑い。

そんな事情はつゆ知らず、母さんは呆《あき》れたように笑って言った。

「まぁ、自分の息子のことだし、想像はつくけどね。今は寧々花ちゃんも同じ家に住んでいるんだから、みっともない姿は見せるんじゃないわよ？」

「分かっているよ……」

どんな想像をしたのか、想像はついた。

「違うから！」と叫びたくなるが、グッと堪える。

じゃあどんな事情があるのかと聞かれたら答えられないし、そういうことにしておくしかない。おくしかないんだけど……悔しいし腹が立つ。

俺は今、相当不機嫌なオーラを出している自覚があるのだが、母さんは何も気にしてくれない。マイペースに俺の部屋を眺め、俺の布団をじっと見て首を傾《かし》げた。

「……なんか、布団がいつもより膨らんでない？」

「え？」

どうして母親という生き物は、触れてほしくない部分にピンポイントで触れてくるのだろうか。一体どんなセンサーを持っているというんだ。

俺は寧々花を隠そうと必死で、布団の中の寧々花をギュッと抱きしめた。

「あー抱き枕買ったんだよ！　おかげで横向きで寝やすくなってホント助かってる！」

「ふーん？　まぁ、どんな絵が描いてあるのかは、見ないであげることにするわ」

水着姿か下着姿のアニメキャラの抱き枕だと思われた気がする。

しかしそれも、今はどうだっていい。俺が布団の中で水着姿の寧々花を抱きしめていることがバレないなら、何だっていい。

思わず抱き枕と称して抱きしめられた寧々花の肌は、汗ばんでいてじっとりとしている。

いや、もしかしたらこの汗は俺のものか。

汗のせいで手のひらに寧々花の肌が吸い付くようだ。

こんなに触れちゃいけないものに触れているのに、今さら手を離せない。

あぁ、もっと暑くなってきた。

「てか、なんだって？　変なメール？」

早くこの状況を何とかしたい一心で、俺の言葉がぶっきらぼうになる。

だが、母さんは自分のペースを崩さない。

「そうなのよ……身に覚えがないメールアドレスからでね……」

「変なメールはすぐ削除。絶対にリンクは開かない！」

「リンクって何？」

「数字とアルファベットがズラッと並んでいて、色が変わっているところ！　そこは押さないこと！」

「督促状とか書いてあるけど……？」

「身に覚えがないんだろ？　なら詐欺メールだよ」

「そう？　じゃあ、削除しておくわ……。あ、受信拒否設定もしておいたほうがいいかしら……？」

母さんが「ええっとうんと」と言いながらスマホを操作している。

その隙に俺は、布団の中の寧々花を確認した。

布団の中に頭まで入っているのは、暑くて息苦しいだろう。寧々花は母さんに聞こえないように息を殺しているが、ハァハァと苦しげな呼吸をしていた。

目が潤んでいて、寧々花にそんなつもりがないのは分かっているのに、扇情的だった。

寧々花の色っぽさを意識しないように努めながら、「大丈夫？」と小声で聞く。

「大丈夫……頑張る……」

と、寧々花が小声で返した。

切ない表情。上気した頬。ハァハァと短い呼吸。汗ばんだ体。

これだけの刺激が揃《そろ》っていて、俺の常夏ボルテージが上がらずにいられるだろうか。否、いられはしない。まだ六月だというのに、俺のヤンチャな煩悩が暑さに浮かれて外に出たがっている。

しかし、こいつを外に出したら、俺の夏が真っ盛りになってしまう……！

「ねぇ大貴ー」

「なぁ！　そういうのは、義父《とう》さんに聞けばいいだろ!?」

「冷たいわねー。最近あの人にベッタリしてたから、大貴が寂しくなってないかって気になって、ついでに様子を見に来たつもりだったのに……」

「心配しなくていいよ！　俺のことは気にしないでいいから、存分にラブラブしていて！」

その時、寧々花が俺にギュッとしがみついてきた。頭を俺の腹にぐりぐりと押し付けてくる。

暑いから早くなんとかして……と言われているのが分かる。

しかし、寧々花がぐりぐりしている腹の近くには、熱い夏をさらに熱くする、パーリーピーポーたちのパーティー会場があるわけで……。

——寧々花ぁ！　暑くて早く母さんに出ていってほしいのは分かるけど、そんなことされたら俺の中の真面目な理性さんたちまでパリピ化しちゃうからぁ!!

理性までパリピ化したら、もう誰も俺を止められなくなってしまう。

欲望うず巻くサマーフェスティバルで、俺は本能の赴くままに真夏のパーリナイをしてしまうだろう。

寧々花のせいで俺の体温がさらに上がる。そしてもっと暑くなる布団の中。

——高温注意、発令中です……！

冷静になれ、俺の細胞たち。今はまだ夏じゃない。鎮《しず》まるんだ。

数の減った理性たちが警官服を着こんで、暴徒化寸前のパリピな本能たちを制圧しに向かう。

大乱闘だ。俺の中でいろいろな感情がぶつかり合う。

ところがそんなことも知らない母さんは、暢気《のんき》に話しかけてくる。

「ねぇ、寧々花《ねねか》ちゃんとは本当に大丈夫？」

「え!? 寧々花と、何!?」

「部屋を覗《のぞ》くとか、絶対にやめなさいよ？　洗濯物を触るのも、極力しないほうがいいわね。寧々花ちゃんは自分からは何も言わないかもしれないけど、それがマナーだから。それから、大貴《たいき》は全裸でお風呂に行く癖があったわよね。もうさすがにやってないと思うけど、絶対にしないようにね？　そんな状態で鉢合わせしたら、大問題だから」

「あ……はい」

素直に頷《うなず》く。

大丈夫だ。既にやらかしたって事実は墓場まで持っていく覚悟をしてある。

「独り言にも気をつけなさいよ。部屋に一人だからって、大きな声で『水着の寧々花ちゃんを抱きしめたい～』とか言ってると、寧々花ちゃんがうっかり聞いちゃう可能性があるんだから。直接言われなくても不快なこともあるのよ。変なことを軽率に口に出すのはやめなさいね」

「ソ………ソウデスネ」

これでもかってくらい的確に、俺にダメージを与える母さん。

もしや俺たちの行動はすべてお見通しなのか。

汗が止まらない。布団の中が暑い。

「むっつりでも良いから、表向きくらい紳士でいなさい。親しき仲にも礼儀ありよ？　分かった？」

「あぁもう分かったから！　義父さんのところに戻りなよ！　あんまり一人にしていると寂しがるんじゃないの？　母さんのこと大好きみたいだし」

俺が必死に言うと、ようやく母さんはドアのほうに向かった。

「はいはい……お忙しいところ失礼しましたね～」

ドアを開けて、部屋を出ようとする母さん。

その去り際、ふとこちらを向いて微笑《ほほえ》んだ。

「――ありがとうね。再婚を受け入れてくれて」

「……お、おう」

最初からその一言が言いたくて、部屋に来たんじゃないだろうか。

そんな気がして、母さんがドアを閉めるのを見ながら、俺はちょっと照れ臭い気持ちだった。

母さんが階段を降りる足音が聞こえる。足音は段々小さくなり、洗面所のほうに歩いていく気配がした。

――もう大丈夫だ！

そう判断するなり、ガバッと布団を剥《は》ぐ。

布団の中からムワッとした熱い空気が出て、寧々花の甘い匂いが香った。

「寧々花！　大丈夫か⁉」

寧々花が勢いよく息を吸い、ハァハァと荒い呼吸を繰り返す。

相当暑かったのだろう……長い髪も湿っぽくなり、乱れた髪が肩や胸元に貼り付いている。胸の谷間には、汗が流れていた。

「もう……駄目かと思った……」

艶《なま》めかしい表情で、寧々花が吐息を洩《も》らす。

そんな寧々花を見せられて、俺の砲台が上を向いた。

……俺は思わずベッドに座って前屈《まえかが》みになる。

俺の打ち上げ花火は点火準備オッケー。

先にパーティー会場に集まった煩悩の皆さんは、花火が打ち上がるのを今か今かと待っている。

――いやいや待て待て、パーリーピーポー共！　そうはさせねぇぞ！

理性を総動員して、打ち上げ花火の点火をもくろむ煩悩を抑え込む。

しかし、抑え手が足りない。数で負けている。

このフィールドが夏である限り、奴《やつ》らの夏気分は終わらない。それならば、夏であることを終わらせるしかない！

「ごめん……寧々花」

「え？　こんな事態になったのは私のせいだから、大貴が謝ることないよ……」

「いや、そうじゃなくて……夏を終わらせてくれ……」

「え？　あの、言ってることがちょっと分からないんだけど？」

「とにかく申し訳ないけど、いろいろ刺激が強いので、そろそろ服を着てほしい……」

「ん？」

寧々花が一瞬キョトンとする。が、すぐにハッとして手で口元を押さえた。

「もしや、ご子息が……！」

「へ？」

「ご、ごめんね！　私ったら、気が利かなくて……」

寧々花は慌ててベッドから降りた。そして、布団を剝いだ時に床に散らばった部屋着を拾い、俺に背を向けて水着の上に着ていく。

そんな着替え中の寧々花が、俺に聞いた。

「大貴……ご子息のご様子は、大丈夫ですか……？」

寧々花の言っていることがよく分からない。

ご子息とは何か。

「寧々花、ご子息って何？」

「え？ えっと、それは……大貴が、前にお風呂で、愚息って言っていたから……ね？」

寧々花が恥ずかしそうな小さな声で言った。

そこでようやく、俺の脳内で愚息とご子息が結びつく。

──いやいやいやいや！ 風呂の時は何言われてるか分かってない感じだったのに、もう伝わるようになってんじゃん！ その上、愚息に対してご子息とか言ってくれる寧々花のセンスよ！ 清楚《せいそ》で純情な寧々花に俺は何を言わせているんだ!? まぁ、そういう表現で会話しようとしてしまった俺がいけないんだけど!?

恥ずかしくて、眩暈《めまい》がした。

……もう何でもいいや。開き直るしかない。

「……すみません。うちの愚息が一足早い夏気分で、浮かれ騒いでまた調子に乗りまして……」

「いえ！ やっぱり暑いと……ついハメを外したくなることってありますよね。お気持ち分かります」

「ご理解、ありがとうございます……」

──……って、俺は彼女に何を理解してもらってんだ!?

何が欲望うず巻くサマーフェスティバルだ。

何が真夏のパーリナイだ。

何が俺の打ち上げ花火だ。

暑さのせいで一番おかしくなっていたのは、俺の頭で間違いない。

まったく……寧々花の色っぽい姿を見る度に、こんなハチャメチャワールドが脳内で展開されるとか、俺は大丈夫だろうか。

くっそ恥ずかしくて、誰にも言えない思考回路である。

しかも最後は寧々花までその世界観に巻き込んでいるし……。うん、墓があったら入りたい。

俺はそれくらい打ちのめされているが、寧々花は何やらちょっとウキウキしているように見える。

――なんだか寧々花さん、『今回は大貴が言っていることがちゃんと分かりましたからね！　どやぁ！』って顔をされていませんでしょうか……？

いや、気のせいか。

きっと母さんにバレずに窮地を乗り切った達成感で、そんな顔をしているんだろう。

「汗びっしょりになっちゃったし、そろそろ私は部屋に戻ろうかな」

寧々花は、爽やかな笑顔で額の汗を拭いながら言った。

「あ、了解。風邪ひかないように気を付けて」

「大貴も……ゆっくり休んでね」

「あぁ……はい」

そして汗びっしょりになった寧々花が自分の部屋に戻ると、俺は部屋に一人になった。

今日も俺たちは、内緒で恋人の時間を過ごしていたことを、母さんにバレずに済んだ。

が、良かった良かったと胸を撫《な》で下ろすにはまだ早い。

——さて……これをどうするべきか。

俺の愚息はファンタスティックな夜の準備万端。

しかし祭りは中断。これ以上一人で熱くならせていても仕方ない。

俺が一人でしんみりと祭りの後の片付けをしているうちに、夜は更けていくのであった。

幕間 side 寧々花

私、鳥井《とりい》寧々花……ついに、やりました。

今度こそ、彼氏が言いたいことをスマートに理解することができました！

達成感に包まれながら、私は自分の部屋で汗を拭いていた。

大貴と布団の中で密着していて、全身汗まみれだ。

本当はもう一度お風呂に入りたいくらいだけど、まだ新しい家に慣れていないから、何度もお風呂に入るのは気が引ける。

仕方ないのでタオルで汗を拭いたあと、学校で使っている汗拭きシートで体を拭き、それから晩ご飯の時に着ていた服に着替えた。

大貴のお母さんからもらったルームウェアは、さっき汗びっしょりの状態で着てしまったから、汗で湿ってしまっている。

「明日洗濯して、また着るからね」

綺麗《きれい》な花柄のルームウェアをぎゅっと抱きしめてから、丁寧に畳んで枕元に置いた。

「さて……今日の私の対応は完璧だったし、きっと大貴も私のことを見直してくれたよね」

布団に入ってから、私は先ほどの事件を振り返ることにした。

今夜も大貴《たいき》のご子息に状態変化が発生した。

大貴はとても焦っている様子だったけど、今回の私はすぐに服を着たから大丈夫だったはず。

——さすがに、夏を終わらせてくれ……とか言われた時には、何のことだか分からなくて聞き返しちゃったけどね。

あれは……相変わらず独特な表現をする大貴がいけないのだ。

「それにしても、いっぱい汗をかいちゃったな……。どうしよう……もしかしたら、大貴、私のこと汗臭いって思ってたんじゃないかな……？」

さっきまで何とも思っていなかったけど、布団で汗びっしょりになっていた自分の匂いが気になった。布団から出た瞬間に臭いって思われていたとしたら、悲しくてやりきれない。

思わず、自分が脱いだばかりのルームウェアの匂いを嗅ぐ。

買ったばかりだからだろう。まだお店にあった時のような、独特な匂いがした。そしてその匂いに混じる、自分の汗の匂い。買ったばかりのルームウェアの匂いのせいか、梅雨のせいで汗が匂いやすいのか、何とも微妙な……少なくともいい匂いとは思えない匂いがしていた。

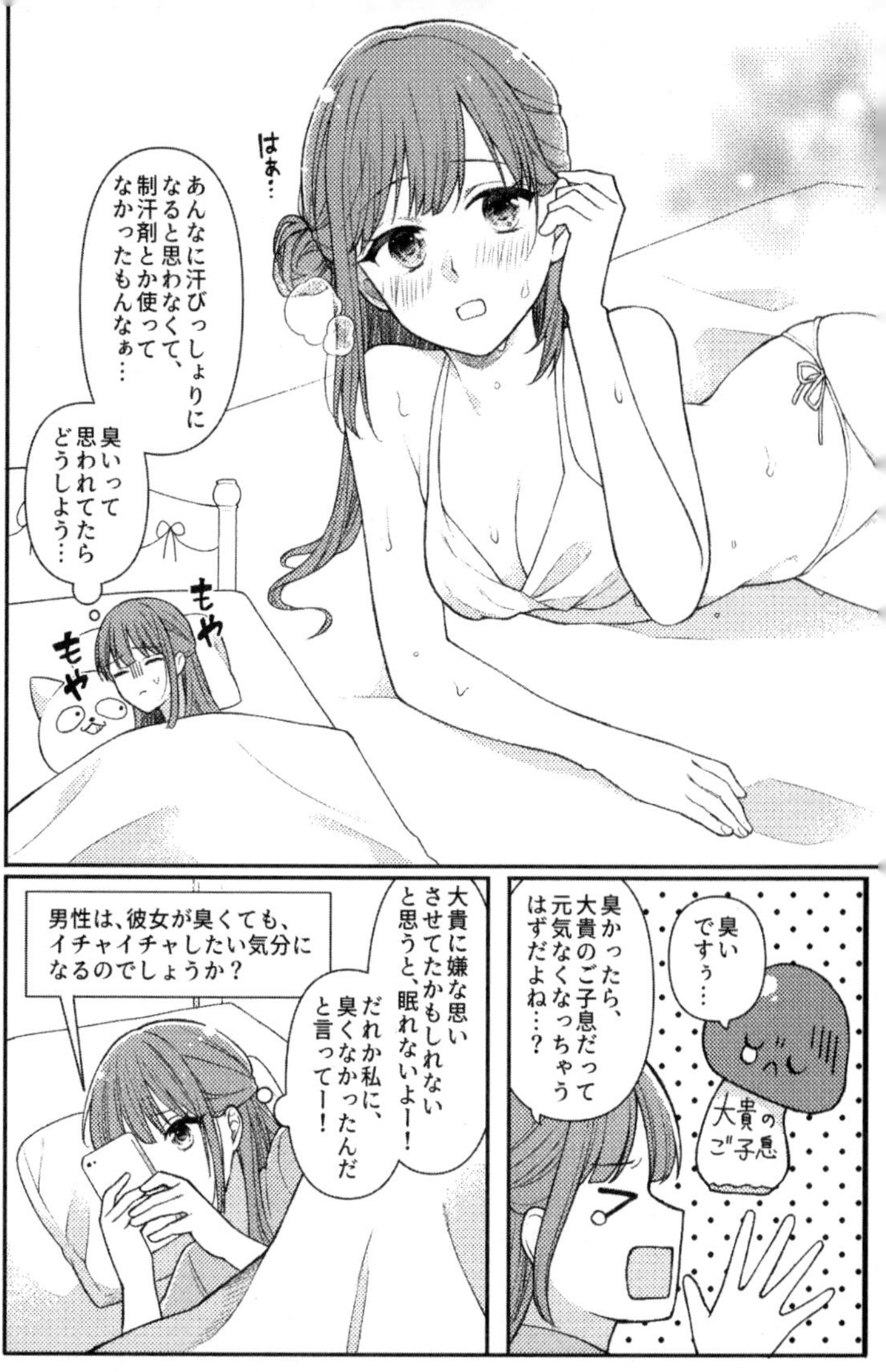
はぁ…
あんなに汗びっしょりになると思わなくて、制汗剤とか使ってなかったもんなぁ…
臭いって思われてたらどうしよう…
もや
もや
臭いですぅ…
臭かったら、大貴のご子息だって元気なくなっちゃうはずだよね…？
大貴のご子息
大貴に嫌な思いさせてたかもしれないと思うと、眠れないよー！
だれか私に、臭くなかったんだと言ってー！
男性は、彼女が臭くても、イチャイチャしたい気分になるのでしょうか？

匿名さんの回答
彼女なら、どんな時でもイチャイチャしたいと思って当然です！
okadaさんの回答
大好きな彼女なら、むしろ臭いほうが興奮できま
臭いほうが、イチャイチャしたい気分にな　もので
匿名さんの回答
他の方も書かれていますが、彼女の体臭は濃いほどムラムラします
ピ
ピ
ピ
わわっ！いっぱい来た…!?
ボフッ
(電源off)
プチッ
私は、そういう変態さんの答えを聞きたいんじゃないのぉぉぉ!!
その後、ネットの恐ろしさ(?)を知った寧々花が、
ヤプー知恵袋に頼ることは二度となかったという…
さっきの寧々花…いい匂いだったなぁ…

私はしばらくベッドの上でジタバタした後、ふぅーっと長く息を吐いて、気持ちを落ち着かせた。

「ううん……ネットの変態さんに聞くまでもないことだよ……。大貴は『うちの愚息が一足早い夏気分で、浮かれ騒いでまた調子に乗りまして』って言っていたじゃない。大貴のご子息が浮かれちゃったんだから、ちょっと汗の匂いがしていたとしても、不快な匂いじゃなかったのよ。そうね、そういうことね！」

大貴の言葉を思い出して、ようやく自分を納得させられた。

大丈夫だ。大貴は私がちょっと汗をかいたくらいで、臭いから嫌いって言うような人じゃない。

しかもここで、私は大貴からのものすごいメッセージに気づいてしまった。

大貴が言った言葉をもう一度思い出してみよう。

彼はこう言った……。

『……すみません。うちの愚息が一足早い夏気分で、浮かれ騒いでまた調子に乗りまして……』

注目すべきは、『うちの愚息が一足早い夏気分で』の部分だ。

ここでいう『夏』とは、私と大貴が最後まで愛し合っちゃうことを意味すると考えられる。だから、大貴のご子息は愛し合う準備が出来ちゃったということを表すのだが、それを大貴は『一足早い』と言っていた。

——つまり、大貴は、高校生の自分たちがそういうことをするには、まだ早いよね……って言ってくれていたんだ。きっと、いつかはそういう日が来ると思うけど、今は我慢するからねって意味だったに違いない！

やはり大貴は自分たちの将来のこと、私の体のこと、いろいろ考えてくれているのだ。なんて優しい彼氏なんだろう。

大貴の優しさが嬉《うれ》しくて、胸がキュンキュンする。

「大貴のメッセージ……私、ちゃんと受け取ったからね。これから先、またご子息に何か起きることがあるかもしれないけど、そっとしておいてあげるから、安心してね」

たまに変なことを言い出す大貴だけど、それにもちょっと慣れた。

それが大貴のことを深く理解できるようになった証《あかし》のように感じられて、私はとても幸せな気分だった。

第四章

七月初旬。

同居開始からもうすぐひと月経《た》とうとしている。四人での生活にも慣れてきて、寧々花《ねねか》との家事の分担も上手《うま》くできるようになってきた。

寧々花の顔を毎朝毎晩見られるのは幸せだ。大事な彼女が同じ家に住んでいるこの状況は、幸運以外の何ものでもない。

しかし俺は、同居生活開始から日が経つにつれて精神的疲弊を強く感じるようになっていた。

洗面所で歯磨きをしながら、鏡に映る自分を眺める。なんとなく、顔がシャープになったような気がしてならない。きっと両親に気づかれないように恋人タイムを過ごそうとし、大抵いいところで邪魔が入ってしまって、フラストレーションが溜《た》まっていったせいだろう。

それならフラストレーションが溜まらないように、寧々花とそういう空気にならないようにするっていう手もあるのだが、それもなかなか上手くいかない。寧々花は甘えたがり屋なところがあり、無意識に小悪魔的誘惑をしてくる節があるからだ。

寧々花にはそんなつもりがないのだから、寧々花のせいってわけじゃないんだが、俺は無意識に垂れ流されるフェロモンの被害を受けてしまう。

思春期の男子の悲しい性《さが》かな。

蛇の生殺し状態を何度も繰り返されれば、精神力もすり減っていくってもんだ。

いっそ、思い切って迫ってみたい気もする。

しかし俺たちはまだキスもしていない間柄だし、寧々花に俺と一線を越える覚悟があるのか分からない。勢いあまって寧々花に迫ってしまい、寧々花に引かれてしまうのは避けたいところ。そんな事態になったら、俺たちの同居生活に暗雲が垂れ込めるだろう。

義理の兄妹として生活している以上、俺たちは毎日顔を合わせなければならない。どんなに気まずくても、両親にバレないように仲のいい兄妹を演じる必要がある。

――まず両親が家にいるタイミングで、寧々花と一線を越えるのは無理だよなぁ……。

それに俺の愚息の状態変化が起きた時の反応からして、寧々花にそういうことをする心の準備ができているとは思えない……。

俺がそうなった時、寧々花はいつも俺に謝って、すぐに自分の部屋に戻っていってしまう。俺をそっとしてあげなきゃっていう優しい気遣いを感じるのだが、その次の展開を求めている感じはない。

つまり、俺はこの先もしばらくは、修行僧のように煩悩と闘い続けることになるんだろう。

　歯磨きを終えて、顔をジャバジャバと洗う。

　冷たい水で気を引き締めていると、俺の体に何か柔らかいものが覆いかぶさってきた。

　……腰のあたりに、特に柔らかな塊を二つ感じる。

「寧々花……？」

「んふふ」

　俺にくっついたまま、寧々花が楽しそうに笑う。

　そういえば、洗面所のドアを開けっ放しにして歯磨きをしていた。それすなわち、そこの廊下を通りかかれば、寧々花が俺に引っ付いているところを誰でも見られるってことである。

「寧々花……ドア開いてるのにマズイって」

　小声で寧々花に言うが、寧々花は俺に胸を押し付けたまま、ゆ～らゆ～らと揺れて遊んでいる。

「充電しにきただけ～」

「充電って……」

　寧々花が俺に覆いかぶさるように抱きついているせいで、俺は腰を曲げて屈《かが》んだ姿勢のまま。顔はびしょびしょのままである。

「バレちゃうって」

「誰か来たらすぐに離れるも～ん」

「母さんたちにバレそうな場所では、兄妹として振る舞うってルールだろ？」

「うん。だから寧々花は、おにぃちゃんに抱きつきにきただけです！」

――いや、それはおにぃちゃんだったら許されるってやつじゃないだろ……。

兄妹は兄妹でも、義理の兄妹。しかも、歳《とし》が離れているならともかく同級生である。抱きつくというスキンシップが、客観的に見て許される関係性ではない。

自分たちの関係がバレないように気をつけていたはずなのに、寧々花は日に日に大胆になってきた。最初は慣れて、適当にやっていてもバレないと高をくくっているのかと思った。だが、寧々花の真意はそうじゃなかった。

「でも、バレたらどうしようって思うと、ドキドキするね……」

いたずらっぽく笑う、可愛《かわい》い俺の彼女。

そう寧々花は――バレないように最大限イチャイチャしようとするスリルにハマってしまったのである。

困ったことに、確信犯だ。

「あ、お父さんの足音だ」

そう言って、寧々花がパッと俺から離れた。

「おにぃちゃん、学校に行く準備ができたら玄関で待っててね～」

寧々花が洗面所を離れ、階段を上っていく。そして寧々花が去ったのとは反対側の廊下から、寧々花のお父さんがやってきた。

「あ、大貴《たいき》くん、おはよう」

「おはようございます」

この家に住み始めてまだ一ヶ月も経っていないのに、寧々花は家人の足音と物音のする位置を把握し始めているようだ。


学校に行き、眠気と闘いながら授業を受けて、家に帰ってくる。そんないつも通りの流れをこなして、夜になった。

そして俺が部屋で勉強をしていると、寧々花が洗濯物の入ったカゴを持ってきた。

「はい、これおにぃちゃんの分ね」

「ありがとう。でも毎回二階まで運ぶのは大変だから、洗面所に置いておいてくれていいって言っただろ」

「そんなに重くないから、自分のを運ぶついでに持ってきただけだよ。間違ってお父さんのが入っているかもしれないから、早めに確認してね」

「オッケー」

受け取ったカゴを、部屋に入れる。寧々花の畳んだ洗濯物は、いつも綺麗《きれい》だ。端がピシッと揃《そろ》っていて、俺がどんなに綺麗に畳もうと思ってもこんな風には畳めないと思う。

寧々花のお父さんの物が紛れ込んでいるかもしれないから……と言われたので、取り敢《あ》えずカゴの中を確認する。確かに以前、寧々花のお父さんの肌着が俺のカゴに紛れ込んでいて、行方不明の肌着を探すのに苦労したっけ。

そういうのも全部、家族が多いといろんなことがあるんだなと思って、面白く感じていたけれど……。

「ん？」

違和感を覚えた服の端を引っ張ると、寧々花のキャミソールが出てきた。

――いや、これって本当にうっかり紛れ込んじゃったやつですか!?

慌てて寧々花のキャミソールを持って隣の部屋に向かい、ドアをノックする。すると寧々花は自分でドアを開けずに、「どうぞ～」とだけ返事をした。

俺は渋々ドアを開け、ちらっと寧々花の部屋を覗《のぞ》く。

寧々花の部屋は白とピンクを基調とした、淡く可愛らしい雰囲気である。きちんと整理整頓された本棚。ところどころに置かれた、可愛い動物のマスコット。俺が寧々花に抱くイメージ通りの部屋だった。

寧々花の部屋になる前は殺風景な物置部屋だったのに、もうその面影はない。

何よりこの、ほのかに甘い、いい匂い。どうやったらこんなにいい匂いが生まれるのか。

寧々花は学校の鞄《かばん》の準備をしているのか、鞄の教科書やノートを入れ替えていた。

「あの……洗濯物、寧々花のが紛れ込んでたから持ってきたけど……」

「あ、ごめんね。タンスの上に置いておいてもらえる？　おにぃちゃん」

寧々花がニッコリと笑って言った。この表情から察するに、やはり故意か。

「いや、俺……夜は寧々花の部屋に入らないってルールだろ」

小声で言うと、寧々花は「う～ん」と顎に人差し指を当てて悩んだ。

「でも、洗濯物を届けに来たおにぃちゃんが、部屋に洗濯物を置くために部屋に入るのは仕方がないことだよね？」

「確かに……仕方がないことかもしれない……」

正直、入りたくないわけじゃない。こんなちょっとの時間でも寧々花と会話できるのは嬉しいし、寧々花の部屋に興味がないわけじゃないから。

――せっかくルールにしているのに……。しかしまぁ、時には柔軟な態度ってやつも大切か。

結局俺は寧々花の誘惑に負け、寧々花の部屋に足を踏み入れた。

ここは妹の部屋。俺は妹の部屋に洗濯物を届けに来た兄だ。

そう自分に言い聞かせるけれど、どう見たってここは好きな女の子の部屋で……胸の辺りがそわそわする。

俺はなるべく平常心を心がけ、洗濯物をタンスの上に置いた。

「ここでいいか？」

「うん。ありがとう。おやすみ、おにぃちゃん」

「あぁ、おやすみ」

今日は俺の部屋に来ないことに決めているようだ。ここ数日連続して部屋に来ていたから、ルール通り、そろそろ行かない日を作るのだろう。

——もしかしてこんなイタズラをしたのは、今日俺の部屋に来ないと決めたけど、それでも俺に少しでも会いたかったから……？

まったくいじらしい彼女だ。そんなに俺と一緒にいたいのか。

これには思わず顔がにやけてしまう。

せっかく決めたルールだけど、今回も母さんたちに怪しまれることがなかったから結果オーライだ。

なんだか最近、俺も寧々花のペースに乗せられ始めている気がしているのだった。

七月も半ばになり、俺たち家族が同居を始めてちょうど一ヶ月が経《た》った。

夏休みも近づいてきたある朝。俺は寧々花《ねねか》と一緒に家の最寄り駅まで歩いていた。

二人で玄関を出てから最寄り駅まで一緒に歩く。駅についたら別行動し、別の車両に乗って学校の最寄り駅に向かう。そして偶然を装って学校に向かう道中で合流し、学校を目指す。そんなルール通りの登校の流れにも慣れてきた。

ちょっと面倒くさいが、この工夫のおかげで、同じ家に住んでいることや付き合っていることはまだ学校の友達にもバレていない。

熱い日差しの中を一緒に歩きながら、俺は寧々花に今朝の食卓でのことで苦言を呈する。

「なぁ寧々花……最近ちょっと大胆すぎない？」

「え？　そう？」

「卵焼きにマヨネーズかけてくれるのは嬉《うれ》しいけど、『ダイスキ』とか書くなって……。母さんたちに見られたらどうするんだよ……」

「お父さんは仕事に行く準備でバタバタしていたし、お義母《かあ》さんは仕事が休みだから朝から家事で大忙しだったし、見ないよ。万が一見られちゃったら、友達とメイドカフェごっこするのにハマっていて、練習させてもらいました～とか言うから大丈夫だも～ん」

「メイドカフェごっこって……」

「そんなに慌てなくても、怪しまれないようにする言い訳なら、いくらでも思いつくから任せて！」

寧々花が自信満々に胸を張る。Ｙシャツの胸元がちょっと窮屈そうに見えた。

「バレなきゃいいんだよ。ね？」

「でもヒヤヒヤするんだって……」

「そこが楽しいでしょ？」

寧々花の笑顔は無邪気だ。心からこのスリルを楽しんじゃっているらしい。

そして俺も、確かにちょっと楽しいかもと感じ始めているから困ったものだ。

「でも、いつまでも付き合っていることを内緒にできないよな。寧々花だって、ずっと秘密にしているつもりはないだろ？」

「うん……そうだね。いつかは、ちゃんと話して、認めてもらわないと。その先に進めなくなっちゃうもんね」

「いつかって、いつくらい？　大学生になったら？」

「うん……大学生になって、家を離れてからかな？」

いつか母さんたちに俺たちの関係を告げたら、母さんたちはどんな反応をしてくれるだろうか。

応援してくれるだろうか。

戸惑うだろうか。

「それまでに、うっかりバレちゃう可能性もあるけどね」

寧々花が冗談っぽく笑う。だから俺も冗談っぽく言った。

「そうだな。寧々花がルール違反スレスレのことばっかりしていると、大学生になる前にバレちゃうかもな～」

「え～バレたら私のせい？」

「だって俺はいつもバレないように気をつけているし」

「私だってバレないように気をつけながら、ギリギリを攻めているだけだもん」

家族四人での暮らしが上手《うま》くいっているから、たとえバレたとしても何とかなるんじゃないか。そんな油断が俺たちの心にあったに違いない。

しかし俺たちのその考えは、甘かった。


その日、俺は一人で帰宅していた。

今日は母さんが家にいるから、寧々花とは帰宅時間をずらすことにしたのだ。寧々花といつも一緒に帰っているのかと勘繰られないようにするためである。

家に到着したのは俺が先。するとすぐに、母さんが俺を出迎えた。

「ただいまー」

「おかえり、大貴。柚琉《ゆずる》ちゃんが遊びに来ているわよ」

「え？　柚琉姉ちゃんが？」

思いがけない人の名前を聞いて、足早にリビングに向かう。

するとそこには、懐かしい人がいた。

「おかえり〜大貴」

「柚琉姉ちゃん！　久しぶり！」

リビングのソファーに座っていたのは、俺の再従姉弟《はとこ》だった。今は確か大学生のはず。

柚琉姉ちゃんは、肩の出ている大人っぽい服を着ていた。

小さい時によく一緒に遊んでもらった記憶があるんだが……しばらく会わないうちに大人のお姉さんになっていて驚いた。

「大貴、背が伸びたねぇ……！　しかもなんかいい男になってるし」

「そ、そんなことないと思うけど……」

歯を見せて笑う柚琉姉ちゃん。その笑顔は昔のままなのに、妙にドキドキする。

「柚琉ちゃんね、母さんたちの再婚祝いを持ってきてくれたのよ。今夜は柚琉ちゃんに泊まってもらうから、夜にみんなでパーティーね」

母さんの言葉を聞いて俺は驚いた。

「え？　柚琉姉ちゃん、今日泊まるの？」

「もちろん！　大貴《たいき》のお母さんが再婚したって聞いた時から、ずっと遊びに来たいと思ってたんだよ。大貴のお母さんたちの馴《な》れ初め話とか、いろいろ聞かせてもらわないといけないし、大貴の義理の妹ちゃんにも挨拶させてもらわないとね！」

柚琉姉ちゃんは楽しそうだ。

しかし俺は、ちょっと嫌な予感がした。柚琉姉ちゃんがうちに泊まると、何か厄介なことが起きる気がする……。

「それで、義理の妹ちゃんはどこ？」

柚琉姉ちゃんがそう言った時、ちょうど玄関のドアが開くガチャッという音がした。

「あ、今、帰ってきたみたいね」

母さんがリビングから出て、寧々花に声をかける。

「おかえりなさい、寧々花ちゃん」

「ただいまです」

母さんに連れられて、寧々花がリビングにやってくる。そして、柚琉姉ちゃんを見て目を丸くした。家族以外の人がいて、驚いたのだろう。

「えっと……こんにちは」

寧々花は初対面の柚琉姉ちゃんに、ちょっと緊張気味に挨拶をした。

「おぉ！　この子が義理の妹ちゃんか～！」

柚琉姉ちゃんがソファーから離れて、寧々花に近寄って手をぎゅっと握った。

「私は柚琉。大貴のお父さんと私のお母さんが従姉弟なの。だから、私は大貴の再従姉弟。小さい頃に私もこの近所に住んでて、よく一緒に遊んだんだ。私は高校入学前に引っ越しちゃったから、しばらく大貴とも会ってなかったんだけどね。以後お見知りおきを！」

柚琉姉ちゃんが豪快に笑った。

大人っぽくなったと思ったが、パワフルさは増している気がする。

姉御肌で男気がある柚琉姉ちゃんは、俺が近所の兄ちゃんたちにイジメられていると、すぐに飛んできて俺を助けてくれた。そしてその兄ちゃんたちを部下のように従えて、『女王様』なんて呼ばれていたのをよく覚えている。

「柚琉ちゃんが私たちの再婚祝いを持ってきてくれたの。今日は泊まってもらうから、寧々花ちゃんもよろしくね」

母さんが寧々花に言うと、寧々花は「あぁ」と頷《うなず》いた。

「そうなんですね！　ありがとうございます！　私は寧々花です。よろしくお願いします！」

「うひゃ～妹ちゃんって、大貴と同学年なんでしょ？　大貴ってば大丈夫～？」

柚琉姉ちゃんが俺を見てニヤニヤする。

「大丈夫って……何が？」

「いきなりこんなに可愛《かわい》い妹ができたら惚《ほ》れちゃうでしょ？　あれ？　もしかしてもう惚れてる？　てか付き合っちゃってたりして？」

「え？」

「え？」

柚琉姉ちゃんの発言を受けて、俺と寧々花の口から困惑の「え？」が漏れる。

再婚する前から付き合っていて、両親に告げられないまま同居して一ヶ月。もしかして、今この調子で「実はそうなんだよね～」と言ったら、母さんたちにもナチュラルに受け入れてもらえるんだろうか。

俺はチラッと寧々花の顔を見る。寧々花も俺の顔をチラッと見ていた。

寧々花が短く、小さく、首を横に振った。

――やっぱりそうだよな……。

母さんたちがどんな反応をするかも分からないのに、家族以外の人がいる場所でカミングアウトするのはリスクが高い。

俺は寧々花を見ながら短く、小さく、首を縦に振った。

「ん？　どうしたの？　見つめ合っちゃって……」

寧々花とアイコンタクトを取っていた俺の視界に、ひょこっと柚琉姉ちゃんが現れた。

俺は内心ギクッとしつつ、それを顔に出さないようにして言葉を返す。

「あぁ……義理の妹としてしか、見たことなかったな〜って思ってさ」

「私も、義理のおにぃちゃんとしてしか見てなかったので、付き合うとかはありえないんじゃないかと……」

寧々花も穏やかに微笑《ほほえ》んだ顔で、柚琉姉ちゃんにはっきりと告げた。

しかし柚琉姉ちゃんは俺たちの返答を聞いて「へーそうなの？」と、納得したのか納得してないのか分からないニュアンスの返事をした。

柚琉姉ちゃんは、昔から鋭い人だった。そして、一度気になったことはとことん追及しないと気が済まない人だった。だから……寧々花のお父さんが帰ってきて、みんなで晩ご飯を食べている時も、柚琉姉ちゃんは俺と寧々花の関係を疑っていた。

「――でもなぁ……やっぱり年頃の男女がひとつ屋根の下にいて、恋愛感情芽生えないっていうのも怪しいな……。生理的に合わないって言うならともかく、普通に仲は良さそうだし？」

「柚琉姉ちゃん……もうその話はいいだろ？　事実として、俺たちは付き合ってないんだから」

母さんたちのお祝いに来たはずなのに、柚琉姉ちゃんの話題は俺たち義理の兄妹のことばかりだ。

お酒の入った母さんたちは既に自分たちの世界に入っているらしく、俺たちそっちのけで二人で仲良く飲んでいる。

「あまりそういうことばかり言ってると、寧々花が困るからやめろって。柚琉姉ちゃんのノリを知らないから戸惑ってるだろ」

「えーだって気になるんだも〜ん。本当は、お風呂でイチャイチャしたり、ベッドに隠れてイチャイチャしたりしてるんじゃないの？」

柚琉姉ちゃんが小声で言う。母さんたちに聞かれないようにって配慮で小声にしているんだろうが、この距離なら普通に聞こえていてもおかしくない。

ニヤニヤしながら俺たちの答えを待つ柚琉姉ちゃんに、俺は素っ気なく答えた。

「そんなことないから。普通に兄妹として仲良くしているだけ。それ以上も以下もないから」

しかしまだ柚琉姉ちゃんは引き下がらない。

「でも、もしかすると、これから恋人関係になったりするかもね〜？　そういうの、おばさんたちは許しちゃう派？」

突然、柚琉姉ちゃんが母さんたちに話を振った。

寧々花のお父さんと何かを話しながら笑い合っていた母さんだが、柚琉姉ちゃんに話を振られてすぐに返事をした。

「そうね……交際に反対はしないけど、ちょっと同居はまずいかもしれないわね」

「そうだな……二人はまだ未成年だし、学生時代は特に、間違いがあっちゃいけないからな……」

やはり、だ。

二人の世界に入っていたようで、俺たちの会話をしっかり聞いていた。母さんたちってこういうところがあるから、侮れない。

内心ドキドキしつつ、俺は軽い調子で母さんに聞き返した。

「同居はまずいって……じゃあ、万が一付き合うことになったら別居でもすんの？」

「そうね……どうしようかしら ね。でもまぁ、二人とも今年は受験生だし、恋愛している暇ないでしょう？　大学に行けば、どうせ大貴は一人暮らしするだろうし、そんな心配は杞憂《きゆう》だと思うのよね」

「そうなんですよ。受験があるので……正直、今は恋愛とかする余裕がないです」

母さんの発言に乗って、寧々花が言う。

すると、そんな寧々花を見て柚琉姉ちゃんがニッコリと微笑んだ。

「じゃあ、私が大貴の彼女になっちゃおうかな？」

「え？」

寧々花の顔が、わずかに強張《こわば》る。

「そういえば柚琉ちゃん、昔から大貴のお嫁さんになりたいって言ってたわね～」

と、母さん。

「そうなんですよ〜。でもまだお嫁さんは無理だから、まずは彼女からってことで」

と、柚琉姉ちゃん。

母さんと柚琉姉ちゃんの会話を聞きながら、寧々花はフリーズしている。

俺は慌てて母さんと柚琉姉ちゃんの会話に割って入った。

「それは、子どもの頃の話だろ？　柚琉姉ちゃんはもう大学に通ってるんだし、柚琉姉ちゃんこそもう付き合っている人がいるんじゃないの？」

「私が大貴のお嫁さんになりたいって言ってたのは子どもの頃の話だけど……今日、久しぶりに大貴に会ったら、やっぱりそれもいいなぁって思った。めちゃめちゃ私のタイプだぞ、今の大貴は。付き合っている人はいないから安心してね！」

そう言って笑っている柚琉姉ちゃんの目が、まっすぐで……俺は、目が離せなかった。

「いや、俺は……」

言いたい言葉が出て来ない。

好きな人がいる。付き合っている人がいる。親同士が再婚しちゃって、義理の兄妹なんて関係になっちゃったけど、誰より大事な人がいる。

言いたい。言えない。

知らしめたい。でも、知られたらどうなるか分からない。

この状況で、何を言うのが正解か、分からない……。

「二人が恋人同士になる可能性はないんでしょ？　だったら、寧々花ちゃんは私の恋を応援してくれるよね？」

柚琉《ゆずる》姉ちゃんが寧々花に笑いかける。

寧々花は「はい」と言うしかない。きっと柚琉姉ちゃんはそれを分かっていて聞いている。

――寧々花……。

俺は寧々花がどう思っているのか心配になった。

寧々花が一番大事なのに、伝えられない。寧々花も自分の本当の気持ちが言えない。

柚琉姉ちゃんがどこまで本気なのかは分からないが、このまま柚琉姉ちゃんのペースで話が進んだら、俺と寧々花の関係が悪くなるんじゃ……。

「――うーん……そうですね……」

しばらく考えていた寧々花が、柚琉姉ちゃんを見て微笑んだ。

「応援しますよ。ただし、柚琉さんが本当におにぃちゃんのお嫁さんに相応《ふさわ》しい女性だったら……ですけど。もしそうじゃなければ、妹として交際は認めません」

――あれ？

俺と柚琉姉ちゃんの恋を応援……と言いながら、寧々花は一歩も引いていなかった。むしろ、柚琉姉ちゃんの前に見事立ち塞がっている。

寧々花は穏やかに微笑んでいるように見えるが、どう見ても目が笑っていない。

そして、そんな寧々花を見て微笑んでいる柚琉姉ちゃんの目も笑っていない。

「そっか〜。じゃあ、妹ちゃんに認めてもらえるように頑張らないとな〜」

「おにぃちゃんには幸せになってもらいたいので、私の審査は厳しいと思いますが、頑張ってください」

二人とも笑顔で向き合っているのに、その中間地点でバチバチと火花が散っているように見えるんだが。

——ど、どうしよう……？　これ、大丈夫なのか……？

恋人同士だとバレたら別居になるかもしれないため、俺たちは兄妹というスタンスを崩せなくなった。そして今夜は柚琉姉ちゃんが我が家に泊まる。……言っちゃなんだが、我が家に泊まった柚琉姉ちゃんが、大人しく寝るとは思えない。

——今夜は家の中で嵐の吹き荒れる予感……。

俺がさっき感じた嫌な予感は、これだったのかもしれない。

俺を巡って睨《にら》み合う寧々花と柚琉姉ちゃんを見て、俺はゴクリと唾を飲んだ。

夕食が終わった後、俺はそそくさと洗面所で歯を磨いて自分の部屋に戻っていた。柚琉姉ちゃんは、俺と寧々花の間に何かがあると勘付いている。これ以上柚琉姉ちゃんの前にいると、ボロが出そうで怖かった。

恐らく、今夜は寧々花が俺の部屋に来ることもないだろう。寧々花も柚琉姉ちゃんの鋭さに気づいているだろうから。

——寧々花、大丈夫かな……。

柚琉姉ちゃんが、俺の彼女になろうかな……なんて変なことを言い出すから、寧々花が戸惑っていた。

俺の彼女は寧々花だって言いたかった。しかし、俺たちの交際がバレたら同居できなくなるかもしれないと知って、その事実を言うことができなかった。

それでも言うべきだっただろうか。寧々花のためにも。

寧々花は怒っているかもしれない。言えなかった俺のことを。

——せめて、一言だけでも伝えに行きたいな……。俺が好きなのは、寧々花だって。

意を決して、部屋から出る。そして、二階の廊下に人の気配がないのを確認して、寧々花の部屋のドアをノックした。

…………返事はない。

「寧々花……？」

小声で呼びかけるが、何も答えない。

部屋にいるのに、別のことをしていて気づかないのか。

気づいているけど無視をされているのか。

寝ているのか。

部屋にいないのか。

部屋の中の様子が全く分からないが、勝手にドアを開けるわけにもいかない。仕方なく俺は、下の階に降りていった。一階のどこにもいなければ、寧々花は二階の部屋にいることになる。回りくどい方法だが、寧々花の居場所を探るのにはこれが一番だ。

リビングのドアをそっと開けると、ソファーに並んで座ってテレビを観《み》ている両親がいた。寧々花の姿はない。

なら、洗面所か。

俺が洗面所に向かって歩き出すと、いきなり視界が暗くなった。

「だ～れだ」

耳元で囁《ささや》かれる。俺より柔らかくて小さな手が、俺の目を塞いでいるようだ。

「柚琉姉ちゃんだろ」

「正解～」

パッと視界が明るくなり、後ろからギュッと抱きつかれた。

「なんでそんなにすぐ分かったの？　妹ちゃんかもしれないのに」

「声聞けば分かるだろ、普通」

「え～？　今、妹ちゃんの真似《まね》したつもりだったのにな～」

「似てないし。柚琉姉ちゃんにしか聞こえなかったよ」

「へぇ～？　そんなに私のことちゃんと分かってくれるなんて嬉《うれ》しいね～」

俺にぎゅ～っと抱きついている柚琉姉ちゃん。体の柔らかいところを押し付けられていて、俺は柚琉姉ちゃんから逃れようと身をよじる。

「柚琉姉ちゃん、離れてよ」

「え～？　なんで？　いいじゃない？　あ、もしかして、私のこと意識して変な気分になっちゃうとか？」

「ならないけど！」

「まぁ別になってくれてもいいけどね。私は大貴《たいき》の彼女になりたいし。大貴となら、いいよ」

柚琉姉ちゃんが、俺の耳元で囁く。

吐息がかかって、ゾクッとした。顔が熱くなる。

――待て待て！　俺には寧々花という存在がいるんだから！

俺は慌てて柚琉姉ちゃんを引き剝《は》がそうとするが、柚琉姉ちゃんはしつこく離れない。

相手は女性だし、乱暴に引き剝がすわけにもいかない。力加減に迷っているうちに、柚琉姉ちゃんは俺の体をベタベタと触ってきた。

「あっれ……？　大貴ってなんかいい体してんね。スポーツとか何かやってるの？」

「やってないけど……バイトで肉体労働していたから、筋肉はついてるかも」

「んーますます気に入った！　今夜は一緒に寝よう♡」

「もう、からかうなって」

「からかってない。私は本気だよ～？　だから、一緒に寝てもいい？」

「はあ!?　い、一緒になんて寝られないから！　別の部屋に母さんが布団を用意したって言ってただろ！」

「えー？　一人は寂しい～」

「ちょ、ちょっと！　くすぐったいから服の中に手を入れないでよ！」

「わぁ！　腹筋あんじゃん！　ちょっと触らせてよ～」

「マジでくすぐったいからやめて！　ふふっ、あははは！」

柚琉姉ちゃんが、俺のTシャツの中に手を入れて、お腹《なか》を触ってくる。小さな手でさわさわと撫《な》でられて、俺は笑いを堪えられなかった。

「──随分と、楽しそうだね……おにぃちゃん」

ふと聞こえた声に、体がビクッとした。

俺は何もやましいことはしていないはず……なのに、焦りで汗が出た。

「寧々花《ねねか》……」

洗面所のほうから現れた寧々花が、腕組みして俺と柚琉姉ちゃんをじっと見ている。無表情で、怒っているのは一目瞭然だった。

なんと弁明するべきかと迷っていると、寧々花はツカツカと俺たちに歩み寄り……俺の腕を摑《つか》んでグッと自分のほうに引き寄せた。

──怒られる？　一発殴られるかも？

だが、寧々花のやり場のない怒りを受け止めるのも俺の役目。

俺はぎゅっと目を閉じて覚悟したが、しばらくしても寧々花からビンタは飛んでこない。

そーっと薄目を開けて寧々花の様子を窺《うかが》うと、寧々花はきゅるんとした目で俺を見つめていた。

──怒っていると思ったのに、どういうことだ？　ただ可愛《かわい》い……だと？

「おにぃちゃん……変な音がするから、一緒にいて？」

「え？」

寧々花の態度の急変っぷりに、頭がついていかない。絶対に怒られると思ったのに。

さっき浮かんでいた怒りは綺麗《きれい》さっぱり消え、漂うのは儚《はかな》げな不安。子犬のように潤んだ目で俺を見つめ、甘えてくる。

「さっき洗面所にいたら、変な音がして……寧々花、怖くて一人じゃいられないの……」

必殺の妹ボイス。

俺の中の兄貴成分が『うぉぉぉ俺の寧々花ぁぁぁお兄ちゃんが守ってやるからなぁぁぁ』と雄叫《おたけ》びを上げる。

「そ、そうか……じゃあ、落ち着くまで一緒にいようか」

「ありがとう！　おにぃちゃん！」

俺が寧々花のほうに行こうとすると、寧々花が引き寄せたのとは逆の腕が引っ張られた。

「変な音～？　どうせ風の音じゃないの？　さっき、風が強かったから」

引っ張ったのは柚琉姉ちゃんだ。

「風がちょっと強いくらいでお兄ちゃんに甘えてたら、お兄ちゃんに迷惑よ？　あなたのお兄ちゃんはこれから私と一緒に寝るんだから、妹ちゃんは大人しく自分の部屋で寝ることね」

「ダメです！　今日は私、おにぃちゃんに一晩中一緒にいてもらわないと困るんです！」

柚琉姉ちゃんに引っ張られると、次は寧々花が引っ張る。

「はあ？　なんでよ？　もう風の音は聞こえないでしょ？」

「学校で友達に怖い動画を観せられてしまったので、今夜は一人になれそうにありません！」

柚琉《ゆずる》姉ちゃんにハッキリと理由を告げたあと、寧々花がまた俺を見て目をうるうるさせる。


「おにぃちゃん……寧々花見捨てたりしないよね……?」

「あぁ、もちろん!」

即答。迷う余地なんてない。

なぜか寧々花が妹っぽく振る舞うと、俺は反射的に兄モードになる。それだけ寧々花の妹力が高いということか。

「ちょっと……? 妹ちゃん、図々《ずうずう》しいんじゃないの?」

俺を取られそうになって、柚琉姉ちゃんが引きつった笑みを浮かべる。

「同居してまだ一ヶ月なんでしょ? ブラコンになるには早すぎないかしら?」

「こんなに素敵なおにぃちゃんができたら、一緒にいる期間なんて関係なく、ブラコンになってもしょうがないと思いますけど?」

俺の腕を離さないまま、柚琉姉ちゃんと寧々花が睨み合う。

俺の彼女になりたいという柚琉姉ちゃんVS彼女なのに彼女と言えない寧々花。

立場上、俺への本当の想《おも》いを口にできない寧々花は、兄が大好きな妹として俺を独占しようと考えたようだ。

——どうしたらこの場が収まるんだ!?

一触即発。二人とも、俺を独占しないと気が済まないらしい。

「俺としては、一人で寝たいんですが……」

「久しぶりに遊びに来た日ぐらい、私に付き合いなさいよ！　大貴！」

「妹の緊急事態なんだよ？　助けてくれるよね？　おにぃちゃん？」

間を取って二人とも諦めてもらう道を選ぼうとしたが、二人とも引かない。

自分のほうに俺を引っ張るのに必死な二人は、俺の腕がそれぞれの胸の谷間にめり込んでいることを気にする様子もない。

――あぁもう誰でもいいからこの状況を何とかしてくれ……！

神様でも悪魔でもいいから……と思っていると、壁に何か動くものが現れた。

――黒い害虫。しかしまさかお前は、救世主なのか？

壁を伝ってカサコソ動く、イニシャルＧ。

俺がぼーっとそいつの姿を見ていると、寧々花と柚琉姉ちゃんの二人もその存在に気づいた。

「嘘《うそ》！　ゴキブリ!?」

と、柚琉姉ちゃんが叫ぶ。

そして寧々花が悲鳴を上げた。

「きゃああゴキブリ!!」

半泣きになって俺の腕にしがみつく寧々花。

「落ち着いて、寧々花。俺が殺虫スプレー持ってくるから！」

好機だ。

ゴキブリに気を取られ、二人の争いは一時中断。

俺は殺虫スプレーを取りに行こうとしたが、寧々花は俺の腕を摑んで離さない。

「いや！　行かないで！　ゴキブリは、ゴキブリは苦手なの――!!」

「ね、寧々花、大丈夫だから！」

寧々花は本当に震えている。ゴキブリが苦手というのは演技じゃないらしい。

「まったく……ゴキブリぐらいで騒ぎすぎよ！　一時休戦ね。私はおばさんに言って殺虫スプレー借りてくるわ！　私が殺《や》るから待ってなさい！」

寧々花の狼狽《うろた》えっぷりに、柚琉姉ちゃんも心配になったのだろう……自らゴキブリ退治を申し出てくれた。

「柚琉姉ちゃん……大丈夫？」

「大丈夫に決まってんでしょ？　私を誰だと思ってるの？」

姉御肌で、男気もある、頼れる再従姉弟のお姉さん。

どうやら、寧々花のために姉スイッチが入ってしまったらしい。

――柚琉姉ちゃんって、昔からなんだかんだ優しいんだよな……。

リビングに走っていく柚琉姉ちゃん。そしてすぐ、リビングでバタバタしている音が聞こえる。殺虫スプレーを探しているようだ。

「寧々花……ここは柚琉姉ちゃんに任せて、ひとまず二階に行こう」

「うん……」

震える寧々花を連れて、階段を上る。そして二階の廊下に辿《たど》り着いた時、寧々花が急に俺の腕を摑んだ。

「大貴、こっち！」

「え？」

急に寧々花の動きがキビキビと良くなり、俺は寧々花にグイッと引っ張られる。

その勢いのまま動くと、立ち入った先は、慣れ親しんだ自分の部屋だった。

「はぁ……ようやく二人きりになれた……」

俺の部屋で溜《た》め息《いき》をつく寧々花。その様子は、さっきゴキブリに怯《おび》えていた寧々花とは全然違うものだった。

——おや？　これはまさか……。

「あれ……もしかして、寧々花ってそんなにゴキブリ怖くない……？」

「あぁ、うん。お父さんと二人で暮らしていたアパートは、古かったからゴキブリともそれなりに遭遇していたし……一人で留守番している時間が長かったから、私だって始末し慣れているよ」

しれっとした顔で、寧々花がそう言った。

「じゃあさっきのは、演技？」

「うん。なんか柚琉さんってしっかりしている雰囲気あるから、いざって時は守ってくれるんじゃないかなって思ったんだよね。ふとゴキブリが目に入った瞬間、この作戦が閃《ひらめ》きまして」

驚いた。寧々花は、その妹力で、俺を兄モードにしたどころか、柚琉姉ちゃんの姉モードを引き出したようだ。

「それより……大貴《たいき》に言いたいことがあるんだけど」

寧々花が俺をじっと見る。

今度こそ、柚琉姉ちゃんとベタベタしていたことを咎《とが》められると思い、俺は身構えた。

「な、何……？」

「……大貴が、あんなに美人なお姉さんと結婚の約束をしていたとか、聞いてないんですが」

寧々花が頬を膨らませて、じっと俺を見た。

頬が膨らんでる寧々花も可愛い……なんて考えてる場合じゃないか。

「あ、あれは子どもの頃の話だし、柚琉姉ちゃんが一方的に言っていただけなんだよ。それに、柚琉姉ちゃんとは……俺が中学に入ってからほとんど会ってなかったから、柚琉姉ちゃんがその話を忘れてないことに驚いたぐらいだし」

「ふ〜ん……そうなんだ……？」

「そうだよ！　俺は本当に、寧々花が……好きなんだから」

恥ずかしがっている場合じゃないと思い、ハッキリと告げた。

もう何度も伝えているんだけど、ちょっと照れ臭い。でも、それで寧々花が安心できるなら言うのを惜しむつもりはない。

思っていた通り、俺が好きと言うと、寧々花の表情が少し和らいだように見えた。

そう、少しだけ。

「でも柚琉さんは本当に、大貴のことが好きなんだろうなって思う」

「え？」

「私には分かる……私も、大貴が大好きだから」

——柚琉姉ちゃんが、俺のことを本当に好き？

思考がうまく働かなくて、どう返したらいいのか分からない。

すると、寧々花は固まっている俺に向かって言った。

「本気で柚琉さんが大貴のことを好きだったら、大貴はどうしたい？」

「ど、どうって……どういうこと？」

「昔から仲が良かったのなら、大貴にも柚琉さんを好きだった時期があると思うんだけど？　憧れのお姉さんみたいな感じでさ。再従姉弟《はとこ》なら結婚も問題ないし、柚琉さんを好きな気持ちがあるなら……私と別れて、柚琉さんと付き合うって選択肢もあるんじゃない？　私は大貴の正直な気持ちを……知りたい」

まっすぐに俺を見つめる寧々花《ねねか》。俺の感情の揺らぎすら見逃さない目をしている。

「……俺は……」

ちゃんと言おうと意気込んだその時、誰かが階段を上がってくる足音が聞こえてきた。

寧々花も足音に気づいて、顔色が変わる。

「柚琉姉ちゃんかもしれない」

これでもう、二人きりの時間は終わりだ。

きっとゴキブリを退治し終わった柚琉姉ちゃんが、俺たちを引き離しにやってくる。そしてそれをさせまいとする寧々花と、またケンカを始めるんだろう。

つかの間の休息だった。そう思っていると、寧々花が俺にぐっと顔を寄せた。

「大貴。どこか隠れられる場所はある？」

「え？　隠れられる場所？」

小声で会話。

寧々花に隠れられる場所を聞かれて、反射的にクローゼットを思い出す。

「クローゼットの下の段にスペースがあるけど……？」

寧々花たちが引っ越して来る前、俺と母さんは家の大掃除をしていたことがある。その際に、俺も不用品をまとめて処分していて、クローゼットに人一人隠れるのに充分なスペースができていた。

俺の情報を聞くなり、寧々花はクローゼットのスライドドアを開けて、スペースを確認した。

そして俺の手を引っ張って……クローゼットに押し込んだ。

「入って」

「え？」

ピシャリとドアが閉められる。

クローゼットの中が真っ暗になった。

クローゼットの狭いスペースに、俺は尻もちをついたような体勢で座っている。そして、俺の上には寧々花。寧々花が俺の腹部に跨《また》がり、覆い被《かぶ》さるように密着していた。

俺を押しつぶさないように頑張っているようだが、俺の顔には寧々花の胸が当たっている。

「──大貴～？　ゴキブリは始末したわよ～？　入ってもいい？」

ドアの向こうから柚琉《ゆずる》姉ちゃんの声がし、続けてノックの音が響く。

「寧々花、なんで隠れる必要があるんだよ？」

寧々花はゴキブリに怯えて取り乱している設定。なら今は、部屋に二人でいるところを見られても問題はないはずだ。

なのに、どうして、こんな狭いところに二人で隠れる必要があるのか。

暗くて寧々花の表情が見えづらい。が、寧々花は小さな声でハッキリと言った。

「静かに」

寧々花が俺にギュッと密着する。

寧々花の豊満な胸が顔に押し付けられて、俺は口を閉じるしかなかった。

「──大貴？　部屋にいるんじゃないの～？……入るわよ？」

ドアが開く音。そして、柚琉姉ちゃんが部屋に入る気配。

「あれ……？　誰もいない？　ここにいると思ったんだけど、どこ行っちゃったのかな……？」

クローゼットのすぐ前に、柚琉姉ちゃんがいるのが分かる。

俺も寧々花も息を殺して身を潜めていた。

俺の顔に押し当てられた寧々花の胸から、ドッドッドッと速い鼓動が響いてくる。俺の心臓と同じくらい速い。

「――柚琉ちゃん？　寧々花ちゃん、大丈夫みたい？」

柚琉姉ちゃんに続いて聞こえてきたのは、母さんの声。

俺と寧々花は、息を殺してドアの向こうの様子を窺《うかが》う。

「あ、おばさん。それが、大貴も妹ちゃんも見当たらないんですよ。大貴の部屋にいるのかと思ったんですけど……」

「あら？　じゃあ、寧々花ちゃんの部屋かしら？」

クローゼットの中で耳を澄ませていると、母さんが寧々花の部屋のドアをノックしているような音が聞こえてきた。

「寧々花ちゃ～ん？……もう、寝ちゃった？」

「妹ちゃんの部屋にもいないですか？」

「……誰もいないみたいね」

母さんはすぐにこちらの部屋に戻ってきた。

「え～じゃあどこ行っちゃったのかな？」

「私と柚琉ちゃんで倉庫に殺虫スプレー探しに行っているうちに、外に出かけたとか？」

「え～？　人がせっかくゴキブリ退治を頑張ってたのにズルイ～」

「寧々花ちゃんの気持ちを落ち着けるために、歩いてコンビニにでも行ったのかしらね」

「コンビニなら私も行きたかったな～。あ、そういえばおばさん聞いて！　この前大学の近所のコンビニで面白いことがあって……」

部屋では、柚琉姉ちゃんと母さんが会話中。次第に話題は変わり、俺たちとは無関係の話になった。

俺の部屋が井戸端会議の開催地のため、俺たちはクローゼットから出ることができない。

俺は何とか顔の向きを変え、口を動かせるようにした。頬に胸が押し付けられた状態のままだが、これなら何とか会話ができる。

「ちょっと寧々花……どうするんだよ。こんなところに二人でいるの見られたら、もう言い訳できないぞ……!?」

極小さい声で寧々花を咎める。

すると寧々花も、超小声で俺に自分の気持ちを訴えてきた。

「だって……だって、大貴をもう取られたくなかったんだもん！　独占したかったんだもん！」

「独占って……」

「さっき大貴の正直な気持ちが聞きたいって言ったけど、私は、大貴を柚琉さんに渡したくない。たとえ大貴が柚琉さんのこと、ちょっといいなって思ってたとしても、大貴は……今、私の彼氏だもん」

小さな声に、抑えきれないくらい大きな感情がこもっていた。

寧々花は、柚琉姉ちゃんに嫉妬していたのだ。

「ごめんね……」

泣きそうな声。

俺が怒るとでも思っているのだろうか。そんな風に、俺が思うはずないのに。

――柚琉姉ちゃんに俺を取られたくないからって、こんな狭いクローゼットに二人で隠れようとするなんて……可愛《かわい》いかよ。

暗いから寧々花には分からないだろうけど、俺の頬は緩んでいた。

柚琉姉ちゃんと母さんはお喋《しゃべ》りに夢中で、俺たちがクローゼットの中でひそひそと話していることに気づかないようだ。

このままさっさと場所を変えてくれればいいのに。

じっと二人が部屋から出ていくのを待っていると、寧々花が俺の上でもそもそと動いた。

そして……俺の体をペタペタと触り始めた。

「ね、寧々花……!?」

寧々花が俺の体を撫《な》で回す。

暗闇で視覚が封じられているせいか、触られている感触を強く意識してしまう。

「寧々花……ちょっと、どうしたの？」

「ここも、ここもここも……柚琉さんにベタベタと触らせてたよね……」

寧々花がそう言いながら俺に触れる。

——そうか。寧々花が触れているのは、さっき柚琉姉ちゃんが触っていたところだ。

「触らせたんじゃなくて、向こうが勝手に触ってきただけだよ……」

柚琉姉ちゃんに触られていた時のように、くすぐったい。

しかし、くすぐったいだけじゃない。何かがこみ上げてくる。この気持ちは……。

「ちょ、ちょっと……その体勢で、あちこち触らないで……」

暗くてほとんど何も見えないクローゼットの中。

俺の脳裏に星々が煌《きら》めき始める。

——くそぉ。また俺と煩悩の闘いが始まっちまう……！

暗闇の中で、俺の煩悩が春の一等星アルクトゥルスのごとく眩《まばゆ》い力を放った。

俺の理性の目をくらます気だ。

闇に目を慣らしていた俺の理性たちは、強い光に目を焼かれて悶絶《もんぜつ》している。その隙に、煩悩たちが闇に紛れて動き出すのが分かった。このままでは俺のアルクトゥルスと俺の北斗七星との間に、偉大なる光のカーブ、春の大曲線が描かれてしまう。

「寧々花……今は、ダメだって」

既にじわじわと、俺の下腹部に春の大曲線が浮かび上がりそうになっている。

何とかして寧々花の手を止めさせたいが、寧々花は手を止めようとしない。

「ヤダ……消毒なんだから、じっとしてて」

――消毒……!?

柚琉姉ちゃんに触られただけで消毒とは、よほど柚琉姉ちゃんにベタベタされていたのが許せなかったらしい。

寧々花の触れているところ全部が、柔らかくて温かい。

狭い空間に、寧々花の体温と匂いがこもっていてクラクラしてくる。

俺の理性が必死に耐えようとしているのに、寧々花が春の一等星スピカのごとく俺を幻惑する。

――オレンジ色に輝く、うしかい座のアルクトゥルスは男星……白色に輝く乙女座のスピカは女星として、一対で夫婦星と呼ばれる。つまり俺のアルクトゥルスと寧々花のスピカがお互いを呼び合っているのか……!?

実際の夜空に光るアルクトゥルスは現在、スピカのほうへ移動中。そして数万年後には横に並んで見えるようになると言われている。

だが、俺のアルクトゥルスと寧々花のスピカの接近速度は、実際のそれらの比じゃない。

このままじゃ十数分で並ぶどころか、合体しそうだ。

——寧々花《ねねか》の気が済むまで我慢するしかないのか……。どうにかして、耐えきらないと。

目を強く瞑《つぶ》り心を無にしようとしたが、狭い空間で寧々花を感じずにいられるはずがない。

思い切って体勢を変えようとすると、寧々花が色っぽい吐息を漏らした。

「んん……っ」

「っ！　ごめん！」

——しまった！　俺の鼠径部《そけいぶ》に、アトラスが召喚されている!?

寧々花を押し上げ、なまめかしい声を上げさせたのは、ちょうど寧々花が跨っている部分の下に位置する俺のアトラスだった。

アトラスというのは、アルクトゥルスを含んだ星々で形成される、うしかい座の神話に出てくるギリシャ神話の巨人。全能の神ゼウスに負けて天を支え続ける役目を負い、石にしてもらうことでその永劫《えいごう》の苦しみから逃れたという。

そう、もう既に、俺のアトラスは石のようにカチカチであった。

昔読んだギリシャ神話のことをいろいろ考えて気を紛らわそうとしたが、俺のアトラスの石化は治らない。むしろギリシャ神話について考えていたら、ヤリたい放題だった神様たちのエピソードばかり思い出してしまい、逆効果になった。

そういえば俺にとって、ギリシャ神話のマンガは人生初のエロ本といっても過言じゃなかったっけ。

天を支え続けることに苦悩を感じたアトラスと違い、俺のアトラスはやる気満々。

天を支えるどころか、天を衝《つ》かんばかりの気合が入っている。

——いや、そんな気合、入れてもらっても困るんですけど！

「——ねぇ、大貴《たいき》」

「ん？」

こつんと、寧々花が俺の額に額をぶつけてきた。

寧々花の髪が、俺の顔に触れる。

息遣いを肌で感じるほど寧々花に近い。

「私と別れて、柚琉さんと付き合いたいって思う？」

寧々花がそう言って、俺の胸の辺りの服をぎゅっと握った。

——そうだった。このクローゼットに二人で隠れる前から、寧々花はそれを聞こうとしていたんだった。早く寧々花に言ってあげないと……俺の本当の気持ちを。

答える直前にこの状況になり、頭から飛んでしまっていた。

俺は短く息を吐き、気持ちを落ち着かせてから寧々花に言った。

「ごめん。さっき言おうと思ってたのに、言えてなかったな。……俺には、柚琉姉ちゃんと付き合うなんて選択肢はないよ。俺はずっと、寧々花の彼氏でいたい。寧々花は俺にとって初めての彼女だけど……俺にとって最高の彼女だと思ってるから」

「本当に……？」

「うん。本当だよ。お互いに小さい頃に親を一人亡くして苦労して来ただろう？　そういう辛《つら》さをリアルに分かってもらえたの、すげー嬉《うれ》しかったんだよ。普通の友達とかに話すと、必要以上に気を遣われて逆に辛くなるけど、寧々花は話しやすかった。寧々花と一緒にいる時の居心地の良さはトップクラスだったんだ」

「ふふ、私と同じだ。私も、大貴と一緒にいると居心地が良くて、好き。きっと同じような境遇だから、踏み込んで欲しくないところとか、慎重に扱ってほしい部分とかが自然と分かっちゃうんだろうね」

「そう。だからさ……俺には寧々花が一番だと思ってるんだよ。一緒に暮らしてみて、ますます好きだと思うところが増えた。それなのに……柚琉《ゆずる》姉ちゃんのところに行ったりなんかしないよ」

俺の額から額を離した寧々花が、俺の顔を覗《のぞ》き込む。

よく見えないけど、俺の顔をよく見ようとしているんだと思った。

「……うん、ありがとう」

よく見えなくても分かる。

寧々花が微笑《ほほえ》んでいる。

俺もホッとして、微笑んだ。

「――あ、それより柚琉ちゃん！　頂き物のブランデーケーキがあるのよ！　二十歳超えたんでしょう？　一緒に食べない？」

「え！　食べたーい」

「うん！　食べましょ！　大貴たちも、そのうち帰ってくるわよ」

部屋のほうから、母さんと柚琉姉ちゃんのそんな会話が聞こえてきた。そしてようやく二人が動き出す気配。お喋りをしながら廊下に出て、ドアを閉めた。

階段を降りる音、リビングに向かう足音。そして、リビングのドアの開閉する音。

クローゼットにいるといつもより聞き取りづらかったが、二人は確かにリビングに入った。

二階がしんと静まり返る。もう二階にいるのは、クローゼットに息を潜めている俺と寧々花だけだ。

「行ったみたいだな……ここから出よう。寧々花、ドアを開けられるか？」

寧々花の下にいる俺は、自力でクローゼットのドアを開けることもできない。だから寧々花に頼むしかないのだが……寧々花はまだ動かなかった。

「寧々花……どうした？」

「あぁ……うん。ちょっと待って。最後にもう一箇所だけ……」

「ん？」

何か迫ってきたと思ったら、唇に何かが触れた。

寧々花の唇だ。

熱い吐息がかかる。


――これは……キス、だ。


微動だにせずいると、唇がゆっくりと離れていった。

でもまだ、唇に触れた感触が残っている。

ふわふわしていて、ピリピリと痺《しび》れるような感触。

――寧々花と、初めてのキスをしてしまった。

急に猛烈に照れ臭くなってきた。俺はきっと今、めちゃくちゃ変な顔をしていると思う。

寧々花の顔が見えなくて残念だが、俺のアホ面を見られなかったのは本当に良かった。

そして、寧々花が小さな声で言った。

「他の人に触らせないでっていうのは無理だって分かってる……。だけど……ルールその九。キスだけは、私以外の人としちゃダメだからね……？」

「は……い……」

ドキドキしすぎて、返事をする俺の声は掠《かす》れていた。

俺の返事を聞いてから、寧々花がクローゼットのドアを横に滑らせた。点《つ》けっぱなしの電気の光が差し込み、スーッと涼しい風が流れ込んでくる。

寧々花は俺を潰さないように気をつけながら移動し、先にクローゼットから脱出した。

そして、部屋の広いところで両手を挙げて伸びをした。

「ん……っ！　やっぱり二人で入るには狭かったね」

ストレッチで縮こまった体を伸ばした寧々花。

やがて、ふぅと息をつくと振り向いた。

「あれ？　どうしたの？　早く出ておいでよ」

寧々花はまだクローゼットの中に座っている俺のことを、不思議そうに見た。

不思議に思うのも無理はない。俺は寧々花が退いて自由に動けるようになった今も、クローゼットの中に片膝を立てた状態で座っているのだから。

「気にしないでくれ……俺の愚息へのアトラスの憑依《ひょうい》が、解けるのを待っているだけだから……」

「ご、ご子息に巨人族タイタンの一人、アトラスが憑依を？」

寧々花にとっては、突拍子もない言葉だったはずだ。なのに、寧々花は興奮気味に食いついてきた。

これはどういうことだろうか。

なぜか寧々花が目をキラキラさせ、いい顔で俺を見ている。

「あれ？　寧々花もギリシャ神話に詳しいの？」

「あ、うん……昔、本で読んだことがあるんだ。でも大丈夫よ、大貴。私、分かっているからね。ごめんね、アトラス……そろそろお空に帰ろうね、とお伝えください」

ニコニコしながら言われて、変な汗が出た。

「はい、伝えておきます……」

——マジで俺も石になれないかな……。何の苦悩も感じなくて済むように、石になりてぇ……。

少年時代に星にまつわる図鑑にハマっていたせいで、また妙な煩悩ワールドを展開してしまった。が、寧々花も俺が変なワードを口走るのに慣れてきたようで、もはや『分かっているからね』とまで言われてしまった。

寧々花の適応力の高さには親の再婚当初から驚かされてきたが、俺のヘンテコ会話にまで順応してもらえるとは思わなかった。彼女が自分を本当によく理解してくれるから、涙が出そうである。……いろんな意味で。

春の大曲線になったり、石化したアトラスになったり……俺の愚息は本当に何にでもなりやがる。変幻自在か貴様は。

俺の下腹部では、まだ石化したアトラスが天を支えようと息巻いており、なんとなくクローゼットから出るのが憚《はばか》られる。

俺一人だったら、何も気にせずクローゼットから出ることができただろう。だが、寧々花は俺の部屋にずっといて、俺がクローゼットから出てくるのを待っている。

そんな状況で外に出れば、俺の石化したアトラスが天上の世界を支えている姿を寧々花に見せつけることになってしまう。周りにいるのが男友達でも、この状態を見せるのはなんとなく嫌だと思うから、寧々花なら尚更《なおさら》である。

まぁ俺のアトラスが支えているのは、天上の世界ではなく、ただのパンツとズボンの布なんだが。

——もうこの際、石化するだけなら許すよ。だからもう、消耗して発火寸前のスマホのバッテリーみたいに膨れて熱くなるのはやめてくれ。

俺のクールダウンはまだまだ時間がかかりそうだが、寧々花とクローゼットに隠れていたことはバレずに済んだ。

だから……俺の心は泣いているけれど、今日も良しとしようと思った。

寧々花《ねねか》がクローゼットから出て十数分後、ようやく俺もクローゼットから出ることができた。

「もう、大丈夫？」

「うん、大丈夫」

俺の愚息からアトラスの憑依は解けた。

その勝利宣言を聞いて、寧々花がホッとしたような顔をした。

そりゃそうか。俺がいつまでも煩悩と闘っていたら困るだろうし。初めてのキスはできたが、寧々花はそれ以上のことをする心の準備はできてないだろうし……。

クローゼットから出た俺は、さっき寧々花がしたみたいに伸びをした。

体が伸びて気持ちいい。

「さて、これからどうするかな？　柚琉姉ちゃんと母さんは、俺たちが外に出掛けているんじゃないかって思ってる。ここは辻褄《つじつま》を合わせるために実際に外に行くべきか……」

「私の部屋のベランダにいたとか言えば大丈夫じゃないかな？　部屋の中までは確かめてなかった気がするし」

母さんは寧々花に気を遣っているから、勝手に部屋に入ったりしない。なぜか俺の部屋には堂々と入ってくるけれど。

「そっか。それなら誤魔化せそうな気がするな」

「うん。もうそれでいこうよ。私もう……ちょっと眠くなってきたからそろそろ寝たいな……」

壁の時計を確認すると、時刻は夜の十時半過ぎ。

いつも十一時に寝ている寧々花にとっては、だんだん眠くなってくる時間だ。

「今日はいろいろあったから疲れたよな。そろそろ寧々花は休んでいいよ」

「大貴《たいき》は？」

「あぁ俺は……もう少しのんびりしてから寝るかな」

少し自分の時間を堪能してから寝たい気分である。さすがに寧々花に何をするかは言うことができないが。

「そっか……じゃあ、先に休もうかな」

寧々花が目を擦りながら言う。

眠そうな寧々花も可愛《かわい》い。眠い時の寧々花は小動物っぽさが増すから。

そんなおねむの寧々花は、俺のベッドに吸い寄せられるように近づき……そのまま吸い込まれるようにベッドの中に入ってしまった。そこは、俺のベッドなのに。

「あの……寧々花さん？」

「ん……？　何？」

「何って……ここは寧々花の部屋じゃないから、そこは寧々花のベッドじゃありませんよ？」

「知ってる……大貴のベッドだよね」

「分かっているならどうして、俺のベッドで寝ようとしているんですかね？」

「うん……今日は一緒に寝ようと思って」

「え!?　なんで!?」

眠すぎるのか、寧々花がおかしなことを言い始めた。

「ちょっと待って！　なんで同じベッドで寝るの!?　俺と寧々花は確かに恋人同士だけど、母さんたちは義理の兄妹として仲良くしていると思っているんだぞ!?　さすがにベッドで一緒にいるところを見られたらどう思われるか……」

「その時はその時で、適当に言い訳すれば大丈夫だよ……」

眠いせいなのか、寧々花の返事は適当だ。

「そもそも、俺の部屋にいられるのは十二時までっていうルールだろ？」

「そんなに私を部屋から追い出したい理由でもあるの？」

さっきまでの目がトロンとしていた寧々花が、ジト目で俺を見ている。

自分は間違ったことを言っていないし、悪いことをしようとしているわけじゃない。なのに、どうにもバツが悪くなった。

「いや、別に……特に理由があるわけじゃないけど……」

「だったら、今日は特別」

特別という言葉にドキッとした。

──まさかそれって、初キス記念日だから俺と一緒にいたいのか……？

「柚琉《ゆずる》さんが大貴に夜這《よば》いをかけに来る予感がするからね。今日は大貴が一夜の過ちを犯さないように、しっかりと見張っておかなきゃ」

正義感に満ちた寧々花の主張。俺の想像した甘酸っぱい理由は、簡単に打ち砕かれた。

「そんなことはないと思うけど……」

少し気まずくて頭を掻《か》いていると、寧々花は自信たっぷりに言った。

「絶対に来るよ。柚琉さんならね」

「そうかな……？」

「じゃあもし、柚琉さんが本当に夜這いに来たら、大貴はどうする？　下着姿で抱きつかれても、ご子息を独立独歩させずに部屋から追い出せるの？」

──ご子息を独立独歩って……それはさておき……。寧々花のワードチョイスがだんだんと俺に染まっているんじゃないか？って、痛いところを突かれてしまった。

俺だって誰彼かまわず愚息を熱くさせているわけではない。愚息が熱くなるのは、寧々花だからだって思いたい。

……が、これは己の意志とは関係ない、生理現象ってやつなのだ。条件さえ揃《そろ》っていれば、誰だって変化を起こせる。そんな簡単にコントロールが利くなら、俺だってもっとタイミングを考えたいくらいだ。

俺の意志とは無関係に暴れまわり、封印を解こうとする邪龍《じゃりゅう》と、その邪龍を鎮《しず》めようとするマンガの主人公みたいな攻防戦、しょっちゅうしたくない。どんな中二病ごっこだよ。

「だからね、私が大貴と一緒に寝ておいて、柚琉さんが来たら追い出すの！　ちゃんと妹として毅然《きぜん》とした対処をするから任せておいて！」

寧々花はそう言ってから、小さなあくびをした。

「じゃあ、何かあるまで私は寝るから……。大貴は、もう少しのんびりしてから寝るんだよね？」

「あぁ、うん……」

「おやすみ、大貴」

「お、おやすみ……」

俺のベッドで、寧々花が寝始める。

一応、俺が寝るためのスペースを開けてくれているが、俺がそこに転がったら寧々花と身を寄せ合って寝ることになるだろう。……水着の寧々花を抱きしめたあの日のことを思い出して、悶々《もんもん》とした気分になること間違いなしだ。

――いや、だから、寧々花が部屋にいると、俺はのんびりできないんだってば……!!

心の叫びを寧々花にぶつけるわけにもいかず、俺は黙って長い溜《た》め息《いき》をついた。


電気を消して、腹を決め、寧々花のいるベッドに転がって、どれくらい経《た》っただろうか。

ふと部屋のドアが開く気配がして、眠りが浅かった俺はすぐに目を覚ました。

何も言わずにドアを開け、中に入ってきたのは柚琉姉ちゃんだ。

寧々花が言った通りの展開に、胸がドキドキしてくる。

俺は思いきって、今気づいたフリをして柚琉姉ちゃんに呼びかけた。

「あれ……?　柚琉姉ちゃん……?　どうしたの?」

「大貴……起きてた?　ねぇ、いつの間に部屋に戻ってきてたの?」

「あぁ……えっと、柚琉姉ちゃんがゴキブリ退治にいってくれた後、寧々花を落ち着かせるために寧々花の部屋のベランダにいたんだ。それから寧々花が眠くなったって言うから別れて……柚琉姉ちゃんはリビングで母さんと楽しそうに喋《しゃべ》ってたから、邪魔するのも悪いかと思って部屋に戻ってたんだよ」

体を起こしてベッドに座りながら、聞かれたら答えようと準備していた言い訳を伝えた。

しかし柚琉姉ちゃんは、「ふ〜ん？」と興味なさそうな相槌《あいづち》を打ち、俺が座っているベッドのすぐそばまでやってきた。ここまで近づくと、電気を点《つ》けていない部屋でも、柚琉姉ちゃんの表情がなんとなく分かる。

柚琉姉ちゃんは……俺を疑っている顔をしていた。

「怪しい言い訳だね。でもまぁ、そこは無理に追及しないでおいてあげるよ。その代わりと言ってはなんだけど、私が聞きたいことは一つ……」

「な、何……？」

「本当は、妹ちゃんのことどう思ってるの？　好きなんじゃないの？」

「どうして……そんなことばかり聞くんだよ？」

「それは……私が大貴を好きだからよ。他の女の子が好きっていうなら、私はその子より魅力的な女になって大貴を振り向かせるしかないじゃない？」

柚琉姉ちゃんが、俺の手を握って自分の胸元に引き寄せる。

そして、胸元で俺の手を大事そうに抱きしめながら言った。

「私じゃ……ダメ？」

胸元に寄せられた手に、柚琉姉ちゃんの温《ぬく》もりが伝わる。

薄暗い部屋で、柚琉姉ちゃんの顔はハッキリと見えない。でも、その声が……俺の手を抱きしめる仕草から、切ない想《おも》いが伝わってきた。

――寧々花に言われた通りだ……。本気、だったんだな。

「柚琉姉ちゃん……俺は……」

断らなきゃ。

そう思った時、俺の背後にあった布団の塊が、ムクッと起き上がった。

「危ない……寝過ごすところでした。やはり来ましたね！　柚琉さん！」

布団の塊の中から、バッと寧々花が現れた。

これには柚琉姉ちゃんも驚く。

「はあ⁉　なんで一緒に寝てるのよ⁉」

「おにぃちゃんを守るためです‼」

「守る？　何から守る気よ⁉」

「夜這いをかけるおにぃちゃんの再従姉弟《はとこ》のお姉さんからですよ！」

「人を犯罪者のように言わないでくれるかしら？」

「柚琉さんってどうしてそんなに素敵なお名前なのに、全然譲ってくれないんですかね？」

「はあ⁉　妹ちゃんこそ寧々花なんて雅《みやび》やかなお名前なのに、なんでもっと慎《つつ》ましくなれないの？」

柚琉姉ちゃんと寧々花のケンカが始まってしまった。

――あぁそうか。これが俗にいう『俺のために争わないで……！』状態か！

言えばいいのだろうか。俺のために争わないで、と。

――いやいやいやいやいや。そんなこっぱずかしいこと言えるわけねぇぇぇぇ！

そこで痺《しび》れを切らした柚琉姉ちゃんは、ドアのほうに向かい、パチッと部屋の電気を点けた。部屋が明るくなり、部屋に忍び込んできた柚琉姉ちゃん、ベッドの上から柚琉姉ちゃんと言い合っていた寧々花《ねねか》の姿もハッキリと見えるようになる。

そして、この状況に困惑している俺の顔も、二人からよく見えるようになった。

電気を点けた柚琉姉ちゃんは、部屋の中央で腕組みして俺と寧々花を見る。

「やっぱり怪しい……あなたたち、本当はデキてるんじゃないの？」

柚琉姉ちゃんは厳しい表情をしている。

「ねぇ、正直に言ってほしい。二人を見ていれば分かる……あなたたちがただの義理の兄妹じゃないって。私はあなたたちの口から本心が聞きたいの。そうじゃなきゃ……大貴を諦めることもできないから」

柚琉姉ちゃんの言葉に、胸が苦しくなった。

カマをかけられているのかもしれない。

でも、本当に柚琉姉ちゃんが俺たちのことに気づいているとしたら……俺たちに本当のことを言ってもらえないのって、辛《つら》いんじゃないだろうか。

もうこれ以上、柚琉姉ちゃんの目は誤魔化せない。

俺は覚悟を決めようとした。が、その時、寧々花が言った。

「私と大貴《たいき》くんは同級生です。二年生の時に同じ委員会に入っていたので、お父さんたちには初対面だと嘘《うそ》をつきましたが、本当は今まで面識がなかったわけじゃありません。大貴くんが小さい時にお父さんを亡くしていることも知っていましたし、私のお母さんが亡くなっていることを話したこともあります」

寧々花は、まだ俺たちの関係を隠そうとしていた。

「私は大貴くんを尊敬していました。私は大貴くんのことが好きです。だから、たとえ妹としてでも、一緒に住めるようになって嬉《うれ》しかったです」

「つまり、片想《かたおも》いしているってこと？　そしてあくまでも自分が大貴を好きなだけで、大貴はあなたを好きじゃないと言うのね？」

「そうです」

寧々花の声はとても落ち着いていた。

が、柚琉姉ちゃんは寧々花の言葉の矛盾を聞き逃していなかった。

「それが真実だとしたら、どうして二人はおばさんたちに自分たちが初対面だと嘘をついたの？」

柚琉姉ちゃんが寧々花に問う。

寧々花は黙った。

「おばさんたちは気づいてないみたいだけど、あなたたちは同居してまだ一ヶ月なのに、落ち着きすぎている。同級生の異性がいきなり同居することになったら、大雑把で適当な性格だって言われる私だってテンパるわよ。下手すりゃ、家出する」

俺も寧々花も何も言えない。

そうだ。俺たちは落ち着きすぎていた。不自然なくらいに。幸い母さんたちがそれに違和感を覚えないから、俺たちは調子に乗って、当たり前のように仲の良い兄妹を演じていたが……。

何も言わない俺たちを見ながら、柚琉姉ちゃんは続けた。

「仮に落ち着いていられるとしたら、どんな相手かなって考えた。きっと、一緒に住めて嬉しいと思える人。それも、お互いに好き同士じゃなければ、難しいかな。自分のことをどう思っているか分からない相手とは、落ち着いて生活しづらいから。つまり寧々花ちゃんが大貴を好きでも、大貴が自分を好きだと知っていなければ、そんなに落ち着いて生活できない。気持ちが変わらないってもう知っているから、自然体でいられるんでしょ?」

今日初めて俺たちの様子を見た柚琉姉ちゃんが、俺たちのことを一番よく見ていた。そして、察して、理解していた。

完敗である。

これ以上、柚琉《ゆずる》姉ちゃんに俺たちの関係を誤魔化すことはできない。

俺は観念して、柚琉姉ちゃんに言った。

「その通りだよ。両想いなんだ。俺も、寧々花のことが好きで……母さんたちが再婚する前に付き合い始めたばかりだった」

柚琉姉ちゃんが目を丸くした。

寧々花が心配そうに俺に言う。

「大貴……いいの？」

「うん……仕方ないよ。柚琉姉ちゃんはもう気づいているんだから。ここからはもう、柚琉姉ちゃんに何とかここだけの話にしてもらえるようにお願いするしかない」

柚琉姉ちゃんは俺たちの真の関係性を知った。が、柚琉姉ちゃんがそれを知っただけでは、俺たちの同居に問題は起こらない。あとは、柚琉姉ちゃんが母さんたちに言わないように、口止めするしかない。

すると柚琉姉ちゃんはニヤリと笑った。

「ここだけの話ねぇ……そうよね、私がおばさんたちにこのことを話してしまったら、二人の同居生活は即終了だもんね」

「うん……だから、俺たちのことを秘密にしてほしい。頼むよ、柚琉姉ちゃん」

「それはどうしようかな？　大貴さぁ、私が大貴を狙ってるってこと、忘れてない？」

「え？　付き合ってるって分かったら諦めてくれるんじゃなかったの!?」

「だって、二人が付き合ってるとおばさんたちが知って、二人が別々の場所に住むことになったら、二人の関係は今までと少し違ったものになるでしょ？　それってつまり、私にも大貴を奪うチャンスができるってことじゃない？　どうしようかな～？」

柚琉姉ちゃんが不敵に笑う。

確かに柚琉姉ちゃんにとっては、俺たちの同居が解消したほうが好都合。

――俺と寧々花の関係が分かれば、俺のことは諦めてくれるのかと思った。けど、悪手だったか……。

俺が次の手を考えて唇を引き結ぶと、横から寧々花が柚琉姉ちゃんに言った。

「……柚琉さんがそうしたいのなら、すればいいですよ。お父さんたちに言えばいい。でも、私たちは同居をやめたところで別れたりはしません。私は柚琉さんに、大貴をみすみす奪われるつもりもないです」

「寧々花……？」

俺は驚いて寧々花を見た。

寧々花は揺るぎない目をしていた。覚悟している目だ。

「何をされても、私と大貴は何も変わりません。むしろ、ロミオとジュリエット効果でますますラブラブパワーアップですよ！」

真面目な顔をしている寧々花の口から、真面目なのか分からないくらい可愛《かわい》い言葉が放たれて、俺は思わず笑ってしまった。

「ろ、ロミオとジュリエット効果で、ますますラブラブパワーアップって……」

「ちょっと！　なんで人が真剣に話している時に大貴が笑うのよぉ！」

「いや、寧々花って面白いなって思って……」

「大貴ほどじゃないと思うけど？　私、実は大貴の言葉のセンスに憧れているし」

「え⁉　いや、あれには憧れないほうがいいんじゃないかな⁉」

「なんでよ？」

と言いながら、寧々花が頬を膨らます。

俺は寧々花に「ごめんごめん」と謝りながら、それでもしばらく笑いが止まらなかった。

「——あーもう分かったわよ。二人がラブラブだってことは」

ふと、柚琉姉ちゃんが溜《た》め息《いき》をつきながら言った。

そして、穏やかに微笑《ほほえ》んだ。

「今は、二人の関係に付け入る隙はないってことね」

「柚琉姉ちゃん……？」

「いいわよ。あなたたちが付き合ってるってことは、おばさんたちには秘密にしてあげる。約束するわ」

　俺は驚いた。先程の柚琉姉ちゃんの反応からして、こんなに早く頼みを聞いてもらえると思わなかったから。

「いいの？　本当に？」

「さっきの寧々花ちゃんの台詞《せりふ》を聞いたら、おばさんたちには何も言えなくなっちゃうわよ。私が告げ口して二人の同居を解消させたら、私がそうしないと大貴の心を射止められないみたいじゃない？」

　柚琉姉ちゃんは俺の前にゆっくり歩み寄って、そして悠然と微笑んだ。

「わざわざそんな卑怯《ひきょう》な方法で、寧々花ちゃんに勝とうと思わないわよ」

「……柚琉姉ちゃんらしいね」

「当たり前でしょ？　そんで、大貴がこういう私をけっこう好きだってことも知ってるのよ」

「それは……否定できない」

　俺が小さい頃からよく知っている柚琉姉ちゃんだ。

　強くて、曲がったことが嫌いで、俺に優しい。

　寧々花に対する好きとはまた違うけど、俺も柚琉姉ちゃんのことが間違いなく好きだった。

「でも……一つだけ言っておくことがあるわ」

そう前置きしてから、柚琉姉ちゃんは俺たちにビシィッと指を差した。

「もし二人がハメ外して問題起こしたり、自らおばさんたちに関係がバレるようなポカやったりしたら話は別！　二人が引き剝《は》がされた瞬間に、私は大貴との既成事実を作りに行くから覚悟してなさい！」

既成事実という言葉の響きにドキッとした。柚琉姉ちゃんが何をする気なのか想像して狼狽《うろた》える。

すると狼狽えた俺の手を寧々花がぎゅっと握って、柚琉姉ちゃんに向かって言った。

「はい。分かっています。そうならないように、私が大貴のことをちゃんと見てようと思います」

寧々花は凜《りん》として格好よかった。

でも、その台詞は聞き捨てならなかった。

「待って、いつもギリギリを攻めて俺をハラハラさせるのは寧々花なんだけど？」

「うん。だから大貴は、私が大貴を見ているより、もっとちゃんと私のこと見ていたほうがいいよ」

「そんなキリッとした顔で言われても！　寧々花がちゃんと自制してくれないと不安なん

だけど!?」

寧々花《ねねか》に思わずツッコミを入れていると、柚琉姉ちゃんが呆《あき》れたように笑った。

「本当に仲良しなのね～。羨ましい限りだわ。もう付き合ってどのくらい？」

「えっと……まだ付き合って三ヶ月と少し」

俺が交際期間について答えると、柚琉姉ちゃんの目が据わった。

「え？　三年生になってから付き合い始めたの？　受験生なのに？」

「別に、一緒にたくさん遊ぼうと思って付き合い始めたわけじゃなくて、一緒に勉強して、お互いを励まし合えればいいかなと思って！」

「は～？　受験を甘く見てない？　高校受験みたいに温《ぬる》くないぞ？　好きな人のこと考えている時間と、ＳＮＳを眺めている時間は無益。時間をドブに捨てていることと同義って知らないの？」

「青春真っ只中《ただなか》の高校生の心を抉《えぐ》るようなことを言わないで……。それでも、残り少ない高校生活で、寧々花と一緒に思い出作りたかったんだよ」

「あっそ。さ～て、二人の選択が吉と出るか凶と出るか見ものね。受験前にピリピリして破局するか、どちらかが受験に失敗して気まずくなって別れることになるか……。どちらにしても、大貴がフリーになったら私が付き合って慰めてあげるから安心してね」

「そんな不吉な予言しておいてどうして安心できるかな!?」

「あはは、大貴《たいき》はからかいがいがあって楽しいなぁ」

柚琉姉ちゃんが楽しそうに笑いながらドアに向かった。

「じゃあ、私はちゃんと自分の用意してもらった部屋に戻るから、妹ちゃんも自分の部屋に戻りなさいね。同じ布団で寝たら、大貴が泣いちゃうからね」

「あ、はい……」

寧々花の返事を聞いてから、柚琉姉ちゃんは部屋を出ていった。

——ようやく、今日の寧々花と柚琉姉ちゃんのバトルに決着がついたか。

俺を勝ち取ったのは、寧々花だ。……まぁ、最初から俺は寧々花以外を選ぶ気はないんだが。

こんな形で誰かに自分たちのことを打ち明けると思っていなかった。

でも、柚琉姉ちゃんに本当のことを話せて良かったと感じていた。

柚琉姉ちゃんに分かってもらえたことは、とてもありがたかった。満たされた気分だ。

俺が一人で満足していると、寧々花が俺の服の裾をちょいちょいと引っ張って小首を傾《かし》げた。

「ん？　何？　寧々花」

「同じ布団で寝たら、大貴は泣いちゃうの？」

「え!?」

「柚琉さんが最後に言ってたじゃない？　私と寝るのは、泣くほどイヤだった？」

「あぁ、あれは……違うよ。泣くほどイヤなんてことはない。嬉《うれ》しいんだけど、ただ、その……」

――柚琉姉ちゃんめ。最後の最後で面倒くさい爆弾を投下しやがって……。

俺が寧々花と一緒に寝たら、俺は一晩中アンダーグラウンドで愚息と語り合わなければいけなくなり、お互いの辛《つら》い境遇に涙してしまうから……って言いにくいな。

「もしかして、悶々《もんもん》としちゃうとか？」

「え？」

よもや寧々花から『悶々』なんて言葉が飛び出すと思わず、新しい展開にドキドキしてくる。

寧々花は頬を赤く染め、伏し目がちにそっぽを向いている。そして、薄い唇を開いた。

「実は私もね……悶々としちゃう時、あるよ」

「……!?」

衝撃発言。

俺の体温が急上昇する。

――寧々花が悶々としちゃうだと……!?

それはまさか、寧々花の最奥の泉で女神が、俺と一緒に水遊びしたいと手招きしてしまうってやつだろうか。

寧々花も普通の女子高生。人間の三大欲求の一つ、愛し合いたい欲があって当然。

俺と寧々花が風呂で遭遇した時も、ベッドで身を寄せ合った時も、クローゼットでキスした時も、我慢していたのは俺だけじゃなかったということか。

俺の鼠径部《そけいぶ》のシャワーヘッドが暴走しそうになった時も、俺の愚息がパリピになってウェーイしている時も、俺のデンジャラスゾーンに石化したアトラスが召喚された時も、寧々花だって自分の中の何かと闘っていたというのか。

——寧々花も、俺とイチャイチャしたいと思っていたのだろうか。

「寧々花は、どんな時に悶々としちゃうの？」

意地悪な質問かもしれないと思いつつ、聞いてみたかった。寧々花の、正直な気持ちを。

寧々花は目を合わせようとせず、落ち着きなく指先で長い髪を弄《いじ》っていた。

「ヤダ……そういうこと、聞いちゃう？」

「うん……聞きたい」

「もう……恥ずかしいな」

寧々花が近くにあった俺の枕を取って、ぎゅっと抱きしめた。顔の下半分は、枕に隠れている。

「大貴にくっついてる時にね……悶々としちゃうよ」

俺と同じだ。俺も寧々花にくっついている時に悶々としてしまう。

「大貴にもっともっとくっつきたい気持ちになっちゃうの」

俺もである。寧々花ともっとくっついて、もっと物理的距離を縮めたくなってしまう。

あわよくば距離ゼロを目指したい。

「もうね、ぎゅぅぅぅぅぅって抱きついて、大貴の香りに包まれて、それで……幸せ～って
したくなるの」

俺の枕をぎゅぅぅぅぅっとしながら寧々花が言った。

「こんなに一緒にいるのに、もっともっとくっつきたいなんて……私、欲張りだよね」

てれってれに照れた顔を見せて、えへへっと笑う寧々花。

可愛さランクはウルトラレア級。こんなに可憐《かれん》な子が俺の彼女だなんて感無量である。

だがしかし、だ。

今は、寧々花の悶々とした気持ちが行きつくところを聞いていたところなのだ。

ぎゅぅぅぅっで幸せ～で終わりになられては、俺と同じゴールを目指せない。

……おかしいな。途中までは同じゴールに向かっているると思っていたのに。どうにも終
着地点が同じように思えなくなってきた。

俺は一抹の不安を感じながら、寧々花に話の続きを促す。

「それから……？」

「え？　それから？」

「うん、それから、もっとその先に進みたいとかは……？」

「そんな……今はそれでもう、充分に幸せだよ？」

マリーゴールドのように可憐な笑顔。

寧々花のピュアスマイルを受けて、俺の中の煩悩が一斉浄化される。

――三大欲求？　そんなの『食欲』『睡眠欲』『寧々花を大事にしたい欲』に決まってるだろ？

心の中に吹く、青き清涼な風。

俺を構成するすべての俺が、寧々花の清らかな心に屈服していた。

この純真で無垢《むく》な寧々花の笑顔を守りたい。

そのためなら、俺は何度でも闘おう。

己の中から湧き上がり、俺の海綿体を支配しようとする力と。

どんな苦難が待ち構えていようと、負けはしない。

俺は渾身《こんしん》のイケメンスマイルを浮かべ、そっと寧々花の髪を撫《な》でた。

「そろそろ寝るか？　そろそろ本格的に寝ないと、明日の学校が辛くなるし」

「うん……そうだね。私、自分の部屋に戻るよ」

そう言ってベッドから立ち上がった寧々花。

立ち上がった瞬間に、ふわっと甘い香りが漂った。

——いい匂い。俺、寧々花のこの匂い、好きだな。

寧々花の香りに気を取られていると、寧々花がそのまま俺に近づいてきた。

唇に微《かす》かに触れるだけの——キス。

なのに、触れた先から全身に甘く痺《しび》れるような電流が走った気がした。

「おやすみ……大貴」

パタンとドアを閉めて、寧々花が部屋を出ていった。

しかし、俺は動かなかった。部屋に一人になってからも、寧々花が隣の部屋に入る音を聞いても、動かなかった。

否、動けなかった。

——なぜなら、先程の電流が俺の細胞に息を吹き込み、俺の核に活力を与えていた。

俺の中央線上にそそり立つ、聖剣エクスカリバー。

我を引き抜く勇者はどこぞ、と雄叫《おたけ》びをあげている。

——いや、浄化されたの一瞬だったなオイ。

止《とど》まるところを知らない、男子高校生の煩悩。

俺の孤独な闘いは、おそらくまだ始まったばかりである。

翌日。柚琉《ゆずる》姉ちゃんを見送るために玄関まで行くと、母さんと寧々花のお父さん、寧々花が既に玄関に来ていた。

「柚琉姉ちゃん、もう帰るの？」

「うん。新幹線の切符取ってあるから、引き留められると困っちゃうのよ。だから我慢してね」

「いや、引き留める予備動作もないうちからそれを言う？」

「柚琉姉ちゃん……もうっ、帰るのぉ……？って言っている大貴の台詞《せりふ》に、私を引き留めたくて堪《たま》らないという哀愁を感じたよ」

「そんなに情緒豊かな感じで言っていたかな？」

昨夜あんなことがあったばかりだが、柚琉姉ちゃんの様子はいつも通りで安心した。

「駅まで送らなくて大丈夫？」

母さんが柚琉姉ちゃんを気遣う。しかし柚琉姉ちゃんは、手を横にブンブン振って笑いながら言った。

「平気平気！　昔住んでたから駅に辿《たど》り着くまでに迷子になることもないし、荷物も重くないから全然平気！」

そしてふと、腕時計を確認して叫んだ。

「あ！　そろそろ行かないと！　じゃあ皆さんお元気で！　また来るからよろしくね！」

ドアを開けた柚琉姉ちゃんが、くるっと振り返り、じっとこちらを見た。

いや、俺を見ているんじゃない。隣にいる寧々花《ねねか》を見ているんだ。

隣を見ると、寧々花も柚琉姉ちゃんのことをまっすぐに見ていた。

「道中お気をつけて」

と、寧々花が言う。

すると柚琉姉ちゃんが意味深な笑みを浮かべた。

「ありがとう。妹ちゃんも、兄妹だからってあまりイチャイチャしすぎないように気をつけてね？」

ギクッとした。

母さんたちの前で何を言い出すのか。

内心の動揺を悟られないように、意識してゆっくりとした呼吸を心がける。

すると柚琉姉ちゃんが今度は俺を見て、ウィンクした。

「それから今度遊びに来た時には、一緒に寝てね？　大貴♡」

「ふぁ!?」

変な声を上げた俺を笑いながら、柚琉姉ちゃんは家を出ていった。

「あ～嵐が去ったって感じがするな……」

「そうだね……」

柚琉姉ちゃんが帰ってホッとしたのもつかの間、俺たちは学校に行くために駅に向かっていた。

隣を歩く寧々花は、小さなあくびをしていた。ほぼ一晩中、柚琉姉ちゃんに振り回されたから、よく眠れていないのだろう。俺だって、油断すればすぐにあくびが出そうになる。

「柚琉さん……約束、守ってくれたみたいだね」

「うん……柚琉姉ちゃんは、一度した約束は破らないし、自分が言ったことを簡単に反故《ほご》にしたりしないから大丈夫だよ。柚琉姉ちゃんを、俺は信じてる」

「そうだね。私も、柚琉さんのこと、信じられる」

寧々花が頷《うなず》いた。

俺たちが交際していることを、誰かに言ったのは初めてだった。しかも、義理の兄妹として同居していると知っている相手に。

これで上手《うま》くいったのは、ラッキーだった。

今回は大丈夫だったけど、また誰かにバレた時、約束を守ってもらえるとは限らない。

今回は相手が柚琉姉ちゃんだったから、安心していられるだけだ。

「これから私たちの関係がバレないように、より一層気をつけなくちゃ。じゃないと、せっかく柚琉さんがお父さんたちに告げ口をしないでいてくれたのに、無意味になっちゃうもんね」

「そうだよな……バレたら、即別居かもしれないし……。これからはルールを徹底して、もっと厳しくルールを追加していく必要があるかもしれない」

「そうだね……でも」

真剣な話をしている途中で、寧々花がいたずらっぽい笑みを浮かべた。

「バレなきゃいいんだよね？」

小首を傾《かし》げてニッコリ。

周りにキラキラと光が舞っているような、輝かしい笑顔なんだが……言われた言葉に戸惑って足が止まる。

「あの……寧々花さん？　今、何と仰《おつしや》いましたか？」

「うんだから、バレたら大変だからルールも必要だけど、最大の目的はバレないことにあるから、バレなければオールオッケーってことだよねって」

「いやいや待て待て。なんですぐにルール破る気満々みたいなこと言うかな⁉」

「ルールを破るって言ってるわけじゃないよ？　でも……バレないように我慢して過ごすより、バレないように気をつけながら、やりたいことをやるほうが楽しいじゃない？」

なるほど。寧々花の言うことは正しい。

我慢ばかりしていると辛《つら》いし、何よりその反動で危険な行動を取りかねない。

むしろ、リスク覚悟で楽しさの追求のために尽力すれば、適度な緊張感で秘密は堅固に守られる……。

「……って、寧々花の好きなようにギリギリを攻めさせていたら、いざという時に誰も寧々花を止められないいんじゃないか?」

「ふふっ」

俺の言葉に、寧々花が楽しそうに笑う。

危ない危ない。すっかりノセられるところだった。

「やたらとハメを外したがる妹で困ったものだな……」

「うん。それも全部、私がラインを越えそうになったら、おにぃちゃんが止めてくれるって信じてるからできることなんだけどね」

寧々花が空に向かってスッと人差し指を伸ばす。

風に吹かれて、寧々花の髪がさらりと揺れた。

「ルールその十! おにぃちゃんは妹の暴走を防ぐために頑張りましょう!」

「いやそれもうルールじゃないから!」

「あははっ」

寧々花が声を上げて笑う。そして俺も、寧々花の笑う姿に誘われて笑い出した。

ごめん。実はもう俺も、寧々花と同じ気持ちなんだよ。

楽しい。

寧々花と一緒に暮らして、寧々花と付き合っているのがバレないように気をつけて、こっそりお互いの気持ちを伝え合う生活が……楽しくて仕方ない。

もちろん、俺の毎日は楽しいと笑ってばかりじゃいられないのだけれど。

――寧々花はいつだって、俺の想像を超えるギリギリラインを攻めてくるのだから。

きっと今夜もイタズラ好きな妹の顔をして、彼女は俺の部屋にやってくる。

そして――今日も俺たちは義理の兄妹という立場を利用して、こっそりカップルとしての絆《きずな》を深めていく……。

エピローグ　side 寧々花

人生には転機というものが何度か存在するらしい。

私にとってその一度目は、お母さんが亡くなった時。

私はお父さんと二人で生きることになり、一人で働きながら私を育ててくれるお父さんを支える、と決意した。

そして二度目は、彼氏ができた時。

幼い頃にお父さんを亡くしていた彼とは、境遇が似ていて、お互いの気持ちを誰より理解できると思った。お母さんを亡くした過去があったから、きっと私は彼の心をここまで分かってあげられたんだ。

だから彼と出会えたことには大きな意味があるような気がした。出会うべくして出会った……なんてちょっとロマンチックすぎるかな。

それから三度目の転機は、お父さんが再婚した時。

そして、付き合い始めて二ヶ月経《た》ったばかりの彼が、義理の兄――おにぃちゃんになってしまった時だ。

お父さんとの二人暮らしから、一気に四人暮らしへ。しかも、隣の部屋には彼氏がいる。

あぁ、もっと可愛《かわい》い部屋着を買っておくんだった。

部屋の芳香剤の匂いも大丈夫かな。

ボディークリームも、もうちょっと奮発しておけば良かった。

困ったことに、家にいる時だって気が抜けない。だって、いつどこでバッタリ顔を合わせるか分からない。

一緒に住んでいるのが彼氏じゃなかったら、わざわざ寝る前にお絞りを用意しておいて、朝起きたらすぐに顔を拭こうとは思わなかったと思う。

……洗面所に顔を洗いに行く前に、寝起きの顔を見られるのもイヤなの。それで彼に、顔が汚いなんて、ちょっとでも思われたくないじゃない？


朝の六時。大貴《たいき》が起きる時間だ。

私は既に顔を洗い、歯磨きも済ませてある。

先に制服に着替えようか迷ったけれど、今日はお義母《かあ》さんにもらったお気に入りのルームウェアを着ていたから、そのまま隣の部屋に行くことにした。

隣の部屋のドアをゆっくり開けると、大貴の寝息が聞こえてきた。

窓から射《さ》す太陽の光のおかげで、カーテンを閉めたままでも部屋は薄明るい。

そっと部屋に足を踏み入れると、少しヒヤッとした空気に包まれた。

エアコン、点《つ》けっぱなしだ。

ベッドに寝ている大貴は、タオルケットを被《かぶ》って丸まっている。ちょっと寒そうだ。

――もう、しょうがないな。

大貴はたまに、うっかり屋さんになる。

しっかりしているように見えるけど、大事なところが抜けやすい。

でも、そこがまた可愛いと思ってしまう。

前に誰かが言っていた。……女の子は本当の恋をすると、男の子を見て格好いいと思うのではなく、可愛いと思うのだって。

私も、大貴と付き合うようになってから気づいた。

ちょっとダメなところを見せてもらえる度に、私は大貴を可愛いなって思ってしまう。

男の子は、可愛いと言われるのが好きじゃないって本で読んだから、それを口に出すのは控えている。けど、いつも心の中で、『大貴、可愛い』って叫んでいる。

そーっとそーっと大貴に近づいた私は、ベッドのそばにしゃがみこんで、大貴の耳元に顔を寄せる。

そして、優しく優しく囁《ささや》いた。

「おはよ。おにぃちゃん」

「……んぅ？」

大貴が顔をギュッとしかめて、もぞもぞと寝返りを打つ。

起きてくれない上に、私に背を向けるように転がってしまった。

――一発で決められなかったか。

甘い妹ボイスでモーニングコールをするつもりだったが、失敗。

優しく呼びかけたせいで、眠りの世界から引き戻せなかったようだ。

――かくなる上は……致し方なし。

「えいっ！」

むぎゅっ。

「ふぁ!?　な、何してるの!?」

タオルケットを被って丸まっている大貴の上に、勢いよく抱きつく。するとようやく大貴が私の存在に気づき、驚いて目を覚ましてくれた。

……いや、私の重みで苦しくて目を覚ましたのかな。うん、どっちでもいいか。

「ピピピピ。妹時計が、おにぃちゃんの起きる時間をお知らせします」

大貴の上に乗ったまま、機械音声の真似《まね》をして告げる。

起きなきゃいけないけど、私が上にいるせいで起きられない大貴。タオルケットの中でわたわた動くのが可愛くて、もっとぎゅっと抱きしめたくなる。

「寧々花《ねねか》……！　こんな朝早くから俺の部屋にいて、母さんたちに見つかって何か誤解されたらどうするんだよ！」

「大丈夫、大丈夫。お寝坊さんなおにぃちゃんを、起こしに来てあげただけなんだから。いい妹でしょ？」

ふふ～んと自慢げに言うと、大貴が困ったように笑った。

「まったく……寧々花は妹のフリが上手《うま》いよな」

ごめんね。私がお父さんたちにバレそうなことばかりするから、困ってるよね。でも私……そうやって困った顔しながら、結局私のことを許しちゃう大貴のことが好きなんだ。

好きだから……またその顔を見たいって思っちゃう。

試しているみたいで、ごめんね。

心の中で謝りながら、それを口にはできない。

好きなのに困らせたいなんて、自分がちょっと変なこと、分かってるから。

「私が妹のフリを上手にできるのは、大貴がおにぃちゃんっぽいからだよね。自然と、妹っぽくなれちゃう」

「え？　俺ってそんなにお兄ちゃんっぽいの？　なんか、寧々花に言われると不安になってくるな……」

大貴が不安そうな顔をした。

悪いことを言ったつもりはなかったんだけど、どうしたんだろう。

私も不安になって、大貴に聞く。

「何が不安なの？」

「それは……えっと……俺のお兄ちゃんっぽさに寧々花が慣れてしまい、そのうち『やっぱり大貴のことはおにぃちゃんとしか見られない』とか言い出して、恋人関係が解消されちゃうんじゃないか……とかね」

大貴が考える心配ポイントを聞いて、私は思わずクスッと笑ってしまった。

可愛い。

「何言ってるの？　たとえ『おにぃちゃん』と呼んでいる時でも、大貴のことは、ずっと私の大好きな彼氏だと思ってるよ」

想《おも》いを伝えると、大貴が照れて顔を赤くした。

もごもごした小さな声で、「ありがとう」と言ってくれる。

可愛いなぁ。そんな風に心配になっちゃう大貴も可愛い。

——あぁもう、一緒に住んでから好きの気持ちが止まらないよぉ!!

急にキスをしたくなってきて、ドキドキする。

ほっぺでいいから……ちょっとでいいから、キスしたいかも……。

「大貴……あの……」

ちゅー……してもいい？

そう聞きたいのに、さすがに恥ずかしくて、言葉がすんなり出てこない。

「ん？　何？」

大貴が私を見ている。

あぁきっと、顔が赤いから恥ずかしいこと考えてるのがバレちゃう。

こんな朝早くから、大貴とキスしたくなってるって知ったら、私……えっちな女の子だと思われちゃうんじゃないかな。

でも、ダメだ。

想いが止まらないもの。

どんなに恥ずかしくても、あなたとキスしたいと思ってる私は、多分……そういう女の子なんだよ。


――ちゅっ。

大貴の頬にキス……しちゃった。

大貴はしきりに目をパチパチさせている。

思ったよりずっと、いい音がした。ちゅって音を立てる練習をしてたの……気づいちゃったかな。

「寧々花……あの」

——トットットットットットットッ……。

誰の心臓の音？

いや違う、足音だ！

ガチャッと音を立ててドアが開くより早く、私は大貴から身を引いてベッドから距離を取った。

「こら大貴！　いつまで寝てるの!?……って……寧々花ちゃん？　もしかして起こしに来てくれてたの？」

部屋にいきなり入ってきたのは、予想通り、お義母さんだった。

お義母さんはノックもなしで大貴の部屋に入って来ちゃうから、本当に心臓に悪い。

「は、はい！　妹として、おにぃちゃんの遅刻は見過ごせませんので!!　ほら！　おにぃちゃん！　お義母さんも来たんだから、そろそろ諦めて起きて！」

「あぁ……うん……」

大貴がわざとらしいあくびをしながら起き上がる。さっきまで私と普通に話していたのに、今起きた雰囲気を装っているんだろう。

こういうところも、可愛い。

「あなたたちは本当に、仲がいいわね。本当に最初から兄妹だったみたいよ。じゃあ二人とも、朝ご飯用意しているから降りてきてね」

お義母さんが私たちを見ながら微笑《ほほえ》んで、部屋を出ていった。

階段を降りていく気配を確認した後、ベッドから起き上がった大貴と顔を見合わせる。

そして、ほぼ同時にぷっと噴き出した。

「セーフ！」

二人で笑った。

大貴が楽しそうに笑うから、私は嬉《うれ》しくなってもっと笑った。

ごめんね、大貴。

また私は妹のフリをして、彼氏であるあなたにイタズラをしちゃうかもしれない。

そして今日も私たちは義理の兄妹という立場を利用して、こっそりカップルとしての絆《きずな》を深めていく……。

あとがき

この度は本書を手に取ってくださり、ありがとうございます。

何かを頑張っている人が好きです。何かと闘っている人が好きです。何かを我慢している人が好きです。なんだかそういう……ちょっとギリギリを生きている人が、好きなマリパラです。こんにちは。

かくいう私も、なかなかギリギリで毎日を生きております。私のギリギリは、主に体力と精神力。ちょっと余裕を持とうかなと考えますが、余裕ができれば、できた余裕の部分にやることを詰め込んでしまう日々です。おかげさまで、一年中毎日、漫画動画のシナリオや小説などを書いています。でもオンとオフを作るのが苦手なタイプなので、今の生き方が気に入っているんですよね。

本作はＹｏｕＴｕｂｅチャンネル漫画エンジェルネコオカで公開中の動画シリーズを、書籍化したものです。動画で思う存分イチャラブを描こうとすると、規約の壁が立ちふさがるのでいつも控えめに脚本を書いているのですが……この度小説版を書くにあたっては、エンジン全開で書かせていただきました。『マリパラさんらしさが出ている』と担当編集さんからお褒めの言葉をいただき、嬉《うれ》しかったです。はたして、マリパラらしさとは何なのか……改めて考えると、どういうものを指して言われたのか疑問ですね……。あ、主人公に試練を与えてギリギリで我慢させる鬼畜さのことですかね？（いい笑顔）

書籍化にあたり、担当編集様、漫画エンジェルネコオカの運営の皆様には大変お世話になりました。ありがとうございます。毎度このシリーズを支えてくださっているクリエイターの皆様にも感謝しております。

動画版で作画を担当されている黒宮さな先生、ドキドキ感溢《あふ》れる作画をいつもありがとうございます。本書の漫画パートでも、慌てている寧々花《ねねか》を可愛《かわい》く描いていただきました。

そしてイラストを担当してくださった、ただのゆきこ先生。透明感溢れるピュアピュアでキラキラな寧々花を、たくさんありがとうございました。こんな可愛い彼女と、うっかり同居なんて……毎日いろんなものを耐えるしかないですね。

現実世界では時に厳しく辛《つら》いこともありますが、本作の主人公のギリギリっぷりに「何言ってんだ此奴《こいつ》」と笑って、ちょっとでも明るい気持ちになっていただけたら幸いです。

また皆様にお会いできますように。それでは。

マリパラ

作品のご感想、
ファンレターをお待ちしています

あて先
〒141-0031
東京都品川区西五反田 8-1-5 五反田光和ビル4階
オーバーラップ文庫編集部
「マリパラ」先生係／「ただのゆきこ」先生係／
「黒宮さな」先生係

OVERLAP

親が再婚。恋人が俺を「おにぃちゃん」と呼ぶようになった 1

発　行 2022年2月25日　初版第一刷発行

著　者 マリパラ
発行者 永田勝治
発行所 株式会社オーバーラップ
〒141-0031　東京都品川区西五反田 8-1-5
校正・DTP 株式会社鷗来堂
印刷・製本 大日本印刷株式会社

Printed in Japan ISBN 978-4-8240-0103-0 C0193

オーバーラップ　カスタマーサポート
電話：03-6219-0850 ／受付時間 10:00～18:00（土日祝日をのぞく）

第10回 オーバーラップ文庫大賞
原稿募集中！
イラスト：KeG
紡げ、魔法のような物語！
【賞金】
大賞…300万円
（3巻刊行確約＋コミカライズ確約）
金賞…100万円
（3巻刊行確約）
銀賞…30万円
（2巻刊行確約）
佳作…10万円
【締め切り】
第1ターン 2022年6月末日
第2ターン 2022年12月末日
各ターンの締め切り後4ヶ月以内に佳作を発表。通期で佳作に選出された作品の中から、「大賞」、「金賞」、「銀賞」を選出します。
投稿はオンラインで！ 結果も評価シートもサイトをチェック！
https://over-lap.co.jp/bunko/award/
〈オーバーラップ文庫大賞オンライン〉
※最新情報および応募詳細については上記サイトをご覧ください。
※紙での応募受付は行っておりません。